大活字本シリーズ

あした咲く蕾

朱川湊人

《下》

埼玉福祉会

あした咲く蕾

下

装幀　巖谷純介

目次

虹とのら犬

梅ヶ丘を過ぎたあたりで電車の窓に雨の筋が走り始め、成城学園前で降りる頃には土砂降りになっていた。改札を抜け、南口側に歩いたところで私は足を止める。

まもなく八月も終わろうというのに、この雨の激しさはどうだろう。まさしく滝のようだと言う他ない。休日出勤を少し早く切り上げたら、この有様だ。

(どうしたものかな)

空を見上げるとビルとビルの間に、パズルのピースのような形の灰色の雲が流れている。時計はまもなく、六時を指そうとしていた。自宅までは、徒歩で十二、三分ほどだ。近くを通るバスは何本かあるが、バス停は中途半端な場所にあり、降りてから雨の中を歩かなければならないことには変わりない。

タクシーで帰るくらいなら、コンビニエンスストアでビニール傘を買った方が安く済むだろう。けれど、そうする覚悟が今一つつかないのは、あまりに雨が激しいこと（たとえ傘を差しても、腰から下はびしょ濡れになってしまうに違いない）と、雲の流れが見るからに早いことだ。ほんの十分か二十分で、気まぐれな豪雨は過ぎ去ってしまうように思える。

（少し、待ってみるか）

近くには雨宿りにうってつけのコーヒースタンドもあるが、私は駅の入り口の端に立って時間をつぶすことにした。

こんな余白のような時間を持つのは、久しぶりだ。

はじめの数分は、仕事のことばかりが頭の中を駆け巡っていた。遅れているスケジュールを取り戻そうと休日出勤したのに予定より進まなかった悔恨や、明日の打ち合わせの準備が十分でない不安など、今考えても仕方のないことばかりが思い浮かぶ。

けれどアスファルトに叩きつけられる雨を眺めているうちに、不意に別の光景が見えてきた。

人気《ひとけ》のない寺の境内に激しい雨が降り注いでいる光景だ。あたりに人影はなく、ただ雨と土と緑の混ざり合った匂いが周囲に立ち込めていた。

それは間違いなく私の幼い日の記憶——今よりずっと孤独で行き場のなかった少年時代、家の近くの寺の軒先で雨宿りしながら見た光景である。おそらくは夏の雨の匂いが、遠い記憶を呼び覚ましているのだろう。

その記憶をたぐるうち、連鎖反応のように一人の少女の笑顔が胸の奥に甦る。小学生の頃、同じクラスにいた渡部薫子——自分の名前さえ漢字で満足に書けない彼女は、たちの悪いクラスメイトに悪辣《あくらつ》ないじめを受けていた。子供なら誰でもする失敗をあげつらわれ、人格を傷つけるようなアダ名までつけられていた。

そう聞けば、誰もが彼女を哀れな少女だと思うことだろう。けれど彼女自身は、けして自分をそんなふうには思っていなかった。どんなにいじめられても、いつもニコニコと笑い、他人に優しかったのだ。私は彼女に救われた。あの十歳の夏に彼女がいなければ、その後の私は、きっと道を踏み外していたに違いない。そう、彼女は教えてくれたのだ。のら犬のような心しか持っていなかった私に、美しい虹の匂いを。

1

幼い頃の辛い思い出を語るみっともなさは、心得ているつもりである。

子供の時には誰もが多少の痛い目にはあっているだろうし、口に出したくもない経験をしているものだ。自分だけがそんな日々をくぐり抜けてきたような顔をするのは、恥の極みである。ましてや私のような中年の域に達した男が語るとなれば、見苦しいことこの上ない。

けれど、あえて恥を忍んで言うなら――私は世の中に数多くいる、恵まれない幼年期を過ごした人間の一人だった。少なくとも家は安らぎの場所ではなく、私は十歳に満たない頃から、出て行くことばかり夢想していた。

私が少年時代を過ごしたのは、東京の荒川区である。

常磐線の三河島駅から十分ほど西に歩くと小さな商店街があり、そのはずれにある美容院と棟続きのアパートに暮らしていた。生まれたのは曳舟なのだが、家族が増えたことでそれまで住んでいた部屋が手狭になり、三河島に越したらしい。父は上野の大きな靴屋で働いていたので、通勤の都合も良かったのだろう。

ずっと昔、そのアパートに越してきたばかりの頃の写真を見たことがある。

見覚えのある美容院の植え込みの前で、まだ二歳くらいの私を抱いている若い父と、その傍らに寄り添うようにしている母が写っていたが、二人とも満面の笑みを浮かべて幸福そうであった。二人に釣られたように幼い私も大きな口を開けて笑っていて、それこそ写真屋の店先に撮影見本として飾ってもいいくらいに、明るい雰囲気に満ちた写真だった。

父が勤め先の若い女性の元に走ったのは、私が五歳になったばかりの頃だったと思う。

　詳しいことは覚えていないが、突然に父が家に戻ってこなくなり、母に手を引かれて何度か勤め先近くまで行った記憶がぼんやりとある。帰りに上野公園でアイスクリームを食べさせてもらったと思うが、暗い表情の母に何も言うことができず、私は伸び縮みする噴水の先端を眺めているばかりだった。

　取り残された母は少々常軌を逸した精神状態になり、その頃から私の孤独は始まった。

　もちろん母も、初めから私を疎んじていたわけではなかったと信じたい。ただ一度、私が家の近所で遊んでいる時に父が不意に現れ、母には内緒で駅前の喫茶店でチョコレートパフェを食べさせてくれたことがあった。その時、件《くだん》の若い女性も一緒で、私は彼女に小さな怪獣のおもちゃをもらった。それを家に持ち帰って遊んでいるのを母に見咎められ、父とその愛人に会ったことがばれてしまったのだ。

母はそれを私の裏切りだと感じたようだった。以来、かつてのような笑顔を私に向けてはくれなくなり、いつも眉間に皺を寄せた、寄る辺ない表情だけを浮かべるようになった。

「どうして、こんな子を産んじゃったんだろう」

何かで叱られた折、私を罵る母がそんな言葉を口走ったことがある。きっと母も言い過ぎたことに気づいていたはずだが、訂正したり謝ったりしてくれることはなかった。あるいは本心から出た言葉だったのかもしれない。父は心の赴くまま自らの情に走ったのに、自分は子供を押し付けられたので、それもできない……とでも思っていたのだろうか。

けれど、そんな一言が就学前の幼児にはどれだけ応えることだろう――自分で言うのは気恥ずかしいが、それまでの私はむしろ甘えっ子であった。行楽に出かけた時には必ず父に肩車してもらったし、寒い夜は隣の母の布団に潜り込み、冷えた爪先を柔らかな脚で暖めてもらったものだ。けして裕福な暮らし向きではなかったが、私は十分幸せだった。

父が家を出たことで、そのすべてが失われてしまった。

肩車で見た空は手が届きそうなほどに近かったが、いつのまにか果てなく遠いものになった。母の布団は世界でもっとも暖かな場所だったが、自分の布団との間にある数センチの谷間が超えられなくなり、私はいつの頃からか身を丸めて眠る癖がついた。

そういえば小学校に入学する年になった時、父が新品のランドセルを送ってくれたことがある。取り引き先で鞄を扱っているところがあり、その伝《つて》で高級品を安く手に入れたらしい。けれど、その時にはすでに母は別のランドセルを用意していた。父の送ってくれたものに比べると明らかに粗悪な品物だったが、母はその二つを私の前に置き、どちらで学校に行きたいかと尋ねた。子供なりに考えて母の用意したものを指さすと、なぜか思い切り頰を張られた。母の顔色を窺いながら恐る恐る父の送ってくれたものを指さすと、再び頰を張られ「お前なんか死んじまえ！」と罵られた。母は、すでにかつての母ではなかった。

大人になった今は、その時の母の心をあれこれと斟酌《しんしゃく》することもできる。きっと父の裏切りが、母の中のいろいろなものを壊してしまったに違いない。もともと気位の高い人だったので、自分が棄てられた立場であるのも我慢ならなかっただろうし、生活のすべてが自分の肩にのしかかってきたことも心労の種だったはずだ。あの頃の母は、疲れ切っていたことだろう。

そんな母と暮らすうち、私はかなり早くから、自分が余計者であると考えるようになった。

母の荷物を少しも軽くしてやれないばかりか、むしろ苦痛を与える存在――しかも、いわゆる鎹《かすがい》にもなれない子供である（どうして母は、私も同じように父に棄てられたのだと考えてくれなかったのだろうか)。そんな自分は愛されなくて当然だと、誰に教わるでもなく私は考えるようになった。その気持ちを言葉にする力はなかったが、心のずっと深いところで感じていたのは確かだ。

やがて私は小学校に入学した。

幼稚園にも保育園にも行っていなかった私は、初めての集団生活が楽しくてならなかった。それまでの遊び相手と言えば、同じアパートに住んでいた同年代の子供だけだったので、友だちが増えたことが単純に嬉しかった。

母は近くのプラスチック成型工場に勤めに出るようになり、私はいわゆる〝鍵っ子〟になった。もっとも当時住んでいたアパートの鍵は安っぽいもので、空き巣狙いがその気になれば、金具ごと外してしまえたに違いないが――それでも鍵を持たされたことが、私にはちょっとしたプライドだった。つまりそれは、ちゃんと家族の一員である……と認められているようなものだったのだから。

一年生の頃は、特に問題なく過ごせたと思う。

父譲りの恵まれた体をしていた私は体育が得意で、足もクラスで一、二を争うほど速かった。小学校の頃というのは、ただそれだけでクラスのリーダー的役割を務めることができるもので、私は家で小さくなっている分、学校では伸び伸びしていた。毎日学校へ行くのが楽しく、夏休みや冬休みが苦痛に思えたほどだ。

私が群れから離れてしまったのは、小学二年の秋のことである。あの出来事さえなければ、学校は私にとって楽しい場所であり続けたに違いないが、いったいどういう巡り合わせなのか——悪い運命というものは、不幸な人間をこそ狙い撃ちしているように思えてならない。もっとも私がもう少し賢ければ、回避できたはずだとも思うが。

そもそもの始まりは、公園で同じ小学校の一年生の子と知り合ったことである。

今はどうなのかわからないが、昔は子供同士の垣根が低く、まったく面識がなくても同じ公園にいれば一緒になって遊んだものだ。その子とも、たまたま荒川区役所の児童公園で居合わせただけの繋がりである。

彼は茶目っ気のある面白い子で、私は大いに気に入った。彼も同じらしく、私と一緒に公園の中を駆け回りながら、とても楽しそうにしていた。やがて夕方になって家路についたが、彼の家は私の住むアパートの近くだとわかり、私たちは手を取り合って喜んだ。学年こそ違うが、いい友だちになれるとお互いが思った。

「ちょっとだけ、上がっていかない？」

家の前まで来ると、名残惜しげに彼は言った。何でもミドリガメを二匹飼っていて、それを私に見せたいのだという。まだ母が帰ってくるまでには間があったので、私はその言葉に甘えて、彼の家に上がらせてもらうことにした。

彼の家は二階建ての大きな住宅で、一階の端に彼と四年生の兄の部屋があった。私が上がらせてもらった時には、居間でテレビを見ている祖母以外には誰もいなかった。

「そうだ、チョコレートあげるよ」

小さなカメを水槽から出して遊んでいると、突然彼は言った。人に物をもらってはいけない……と普段から母に言われているので反射的に断ったが、彼はお構いなしに私を台所に連れて行った。

「僕んち、チョコレートいっぱいあるんだ」

彼が茶だんすの引き違い戸をあけると、よくお菓子屋さんで見るような一ダース入りのチョコレートの箱があった。おそらく子供たちのおやつ用に箱買いしているのだろう。私にとってお菓子は、食べるたびに買いに行くものだという認識しかなかったので、とても贅沢だと思った。

その箱から一枚チョコレートを取ると、彼は私に差し出した。私は強く固辞したけれど（母に見つからないよう、隠しておく自信がなかったのだ）、友だちになった印だと言われては受け取らないわけにはいかなかった。

それが思いがけないトラブルを招いたと知ったのは、あくる日の学校でである。

授業を終えて帰りの挨拶を済ませた後、担任の先生が私に少し残るように……と言った。私は何ごとかと思ったが、言われるままに自分の席に腰掛け、みんなが帰っていくのを見送った。やがて教室が無人になると先生は私の前の席に腰を降ろし、前日に誰とどこで遊んだかと尋ねてきた。当然、私はありのままを話した。

その時の私の担任の先生は、度の強い眼鏡をかけ、七三分けの髪の後頭部がかなり薄くなっている中年男性だったが、授業中に冗談を連発する人気者だった。もちろん私もその先生が好きで、陰で誰かが先生の悪口を言うと、いちいち注意したりしていたほどだった。

先生はうなずきながら私の話を聞いていたが、公園の帰りに一年生の子の家に上がったという段になって急に目つきが険しくなった。そしてチョコレートをもらった……と言った時、先生は、冷たい口調で言い放ったのだ。

「おい、ウソつくなよ。そのチョコレートは、もらったんじゃなくて盗んだんだろう」

どうしてそういうことになるのか、私にはまったく理解できなかった。もしかしたら先生は、ふざけているのかもしれない……と思ったくらいだ。

「お前が帰った後、チョコレートが一枚なくなってるって、その子のお母さんが言ってるんだよ」

話が進むにつれて、ようやく私にもわかってきた――どうやら一年生の子の母親が、私がチョコレートを盗んだと先生のところに捻じ込んできたらしい。私は躍起になって抗弁した。

「でも、一年の子は、あげてないって言ってるぞ」

話の途中で先生の口から出た言葉に、私は愕然とした。

おそらく私が帰った後、家に戻ってきた彼の母親が、チョコレートが一枚減っているのに気づいた。当然、一年生の子にどうしたのかと尋ねるだろう。もしかしたら、その口調は厳しい詰問調だったのかもしれない。彼はとっさに白を切る。けれど母親はなおも追及してきて——苦しまぎれに、彼は私が盗ったとでも言ったのだろうか。

「僕は絶対に、そんなことはしていません」

あの時の私は、子供なりにがんばったと思う。けれど先生の耳には届かなかった。後で知ったが、彼の母親はＰＴＡの副会長だった。

「ここに〝自分が盗った、もうしません〟って書いたら、帰っていいよ」

涙を流して訴える私の目の前に、先生は一枚のわら半紙を差し出して言った。おそらく今なら、八歳の子供にそんな念書を書かせたら問題になるだろうが、当時は先生の存在は絶対的なものだった。

私はさんざんに泣いて、結局は書かざるを得なかった。母には言わないでおいてくれる……という言葉に負けたのだ。今なら思う——あの時、先生の目の前でわら半紙を破り、紙ふぶきにして撒き散らしてやるべきだったと。

2

家にカメラがなかったので、私の少年時代の写真は数えるほどしかない。

特に小学校の頃のものはわずか数枚で、その中でももっとも古いものは小学三年の春、遠足で所沢にあったユネスコ村に行った時の集合写真である。当時のクラスメイトが名物の風車をバックに行儀よく並んでいるものだが、そこに写っている私は、すでに〝のら犬の目〟をしている。

当時の子供は写真馴れしておらず、たいていは妙に生真面目な表情で写っているものだが、私の顔は少し違っている——まだ十歳にもなっていない子供だというのに、カメラに向かって睨みつけているのだ。母と同じように眉間に皺を寄せ、誰かを威嚇《いかく》するかのように。

しかも最後列の一番左に立っているが、ご丁寧に周囲から体一つ分の隙間を空けている。まるでここにいることが、場違いだと思ってでもいるかのようだ。

この無意味な距離が、当時の気分をよく表しているような気がする。

私はその頃、すっかり学校が嫌いになっていて、クラスメイトの中にいるのが苦痛だったからだ。

言うまでもなく、小学二年の時の冤罪は私の心に暗い影を落とした。自分のことなど誰も信じてくれないのだ……と心根はヒネ曲がり、向こうの言い分ばかりを認める先生に失望した。また泣きながらとはいえ、やってもいない盗みの反省文を書いてしまった自分にも嫌気がさした。

その傷だけならば、いつか時間がいやしてくれたかもしれない。私にはいい友だちがいたし、区役所の公園で走り回って遊んでいれば、多少の嫌な記憶は頭から出て行ってくれるものだ。

けれど、ある出来事が私と友だちとの間に大きな溝を作ってしまった。

そのきっかけは、チョコレートの件がクラス中に広まってしまったことだ。例の一年生の子の兄が、私のクラスのある少年と顔見知りだったのである。人の口に戸は立てられぬもので、そこから漏れ出た話が、あっという間にクラスメイトの知るところになってしまった。

無実を信じてくれる友だちもいたが、中には私を快く思っていないグループもあって（子供はやたらと対立したがる。自分の縄張りを広げ、確保したいという本能のようなものかもしれない）、彼らは何かにつけて、その話を持ち出して私を貶《おとし》めた。たとえば、鉛筆だの消しゴムだのを机の上に置いたまま席を離れようとする子がいたりすると、チラリと私の方を見た後、こう叫ぶのだ――おい、ちゃんとしまっといた方がいいぞ。この組にはドロボウがいるからな。

初めのうちこそ私も聞き流していたが、ある時、とうとう堪えきれなくなって手を出してしまった。それまで本気でケンカしたことなどなかったのに、三人を相手に教室で大立ち回りをしたのだ。

今思えば相手が複数だったのが、大きな意味を持っていたと思う。一対一なら手加減もするかもしれないが、相手が三人となれば、気を抜けば逆にやられてしまう。私は追い詰められた気持ちで戦わざるを得なかった。全力でぶつかって、顔だろうが腹だろうが、とにかく当たるところに拳や蹴りを入れるしかない。

結果は大勝利だった。友だちが呼んできた男の先生に体を押さえられるまで、私は三人を徹底的に叩きのめした。彼らは泣きながら許しを乞い、その言葉が私を酔わせた。

（なんて簡単なんだ）

その時、気づいてしまったのだ——暴力による解決がとても手っ取り早く、気分のいいものだということに。

それからの私は、以前と比べものにならないくらい短気になった。ジメジメと我慢するくらいなら、力に物を言わせてしまった方が早いと悟ったせいで、少しでも気に入らないことがあると暴れるようになったのだ。そうすることで誰も逆らわなくなるのは気分が良かったし、恫喝《どうかつ》して人を黙らせた後は、自分が偉くなったような気がした。

以後のことは、語る必要もないだろう。

それまで親しかった友だちは去っていき、私は学校でも孤独になった。三年生に進級してクラス替えがあったが、私は新しいクラスにまったく馴染まなかった。クラスメイトは私を嫌っていたのだが、私はそうとは思わず、みんなが自分の力に恐れをなしているのだ……と考えていた。それはあの頃の私には気分のいい錯覚で、家庭で小さくなっている分、学校では好き放題に振舞うようになった。

だからユネスコ村での記念写真の私は、大いに勘違いした愚かな少年ということになる。大人になった今見るには、いろいろな意味できつい写真だ。

けれど私はこの写真が大好きで、子供の頃から大切に持ち続けている。なぜなら――私から四人置いたところで、渡部薫子が笑顔を浮かべているからである。

もっとも眉尻がハの字に下がり、一重瞼の目が糸のように細められている表情は、笑っているというより、どこか困っているようにも見えるのだが。

渡部薫子とは三年の時に初めてクラスが一緒になったが、以前から存在だけは知っていた。彼女にとっては名誉な話ではないのだけれど、学年でもっとも勉強のできない子として有名だったからだ。

見る限りはごく普通の――いや、むしろ可愛い少女だったと思う。背が低く、少しポッチャリしている体型も手伝って、どことなく愛嬌があった。

けれど彼女は、小学三年になっても自分の名前が漢字で書けなかった。『渡』と『薫』という文字が苦手らしく、どうしても似て非なるものになってしまうのだ。また、二ケタの足し算と引き算が満足にできなかった。掛け算・割り算ともなれば、計算の意味そのものを理解していない節さえあった。九九は普通に言えたようだが、何かの呪文のように丸暗記していただけだろう。

どうやら彼女は、軽度の知的障害を持っていたらしい。ただ、その程度がとても微妙で、普通学級で勉強するか、いわゆる特殊学級（今では特別支援学級と言うらしいが）で勉強するか、ちょうど境界線のような位置にいたのだそうだ。けれど、そんなことが当時の同級生にわかるはずもない。

薫子は早い時期から、クラスでいじめられていた。名前をもじって

〝アホる子〟と呼ばれ、触るとバカが伝染するとも言って、誰も彼女に近づきたがらなかった。ついには彼女の触ったものは〝アホる子菌〟に感染したものとされ、みんなで忌み嫌ったりしていた。

三年で同じクラスになった時も、彼女への不当な扱いは続いていた。それまでろくに薫子のことを知らなかった子も、あっさりと尻馬に乗っていじめに参加したのだ。

私が見る限り、それを止めようとか、彼女を庇《かば》おうとする子はいなかった。何か口出しすれば、次の瞬間から同じような扱いを受けてしまう恐れが生じるからだ。特にそれが男の子だったとしたら「おまえ、アホる子が好きなんだろう」と言われ、勝手に恋人同士と認定されてしまう。その頭の悪さにはウンザリしてしまうが、小学生はそんなものだ。

そんな扱いを受けていたのに、薫子はいつも明るかった。

絶えず笑みを浮かべ、自分が不当な扱いを受けていることに気づいていないかのように、ごく普通に人に話しかけた。近くの席の子が筆箱を忘れたりすると、進んで自分の鉛筆を差し出し、その好意に「おめぇの鉛筆なんか触れっかよ」という罵声で返されても、しょげかえる様子も見せなかった。もしかすると彼女の中には、怒ったり人を恨めしく思ったりする回路がないのではないか……と、それを見ていた私は思ったものだ。

3

今はあまり目にしなくなったが、私が少年の頃には、当たり前にのら犬がいた。

彼らは小さな家の建ち並ぶ路地や商店街の雑踏に不意に現れたかと思うと、それぞれの方法で食い物にありつき、その日のうちにどこかに消えていくのが常だった。

のら犬は二種類に分けることができる――愛想よく人に媚びて生きる犬と、人を避ける犬だ。

前者は少しでも構ってくれそうな人間がいると、それを素早く見抜いて千切れんばかりに尾を振り、寝転んで腹を見せたりする。そうすることでエサをもらい、あわよくば飼ってもらおうとしているのだ。

町を徘徊しているのら犬といえば、圧倒的にこちらのタイプが多かったのではないかと思う。

後者の場合は、過去によほどひどい目にあったのか、人間の姿を見ると逃げてしまうか、逆に吠えかかってきたりする。この種の犬はおそらく長生きできないのだろう、めったに見る機会はなかったが、たまに目にすると私は悲しくてならなかった。彼らの多くは首輪を付けており、かつてはどこかの飼い犬だったと察せられたからだ。彼らは何らかの理由で飼い主に棄てられ、人間不信に陥っていたのだろう。

どちらののら犬も、私は好きではなかった。

行く当てがあるのかないのか、ふらふらと町の中をあるいている彼らの姿が、どうしても自分に似ているような気がしたからだ。もしかすると、近親憎悪に近い感情だったのかもしれない。

そう、私も行く当てのない子供だった。身から出た錆とはいえ、一緒に遊べるような友だちもおらず、家にいることも苦痛となれば、町をさまようほかに時間を潰す手立てはなかった。放課後の私はのら犬そのままに、駅前の商店街や区役所の公園など、あちらこちら歩き回ってばかりいたものだ。

けれど『犬も歩けば棒にあたる』とはよく言ったもので――あの出来事に出会うきっかけになったのも、当てなく歩いていたからこそであった。

それは小学四年の夏休みのことだった。いつもなら工場に働きに行っているはずの母が家にいたので、おそらく日曜日だったに違いない。

狭いアパートの部屋で母と顔を突き合わせているのが苦痛で、私は午前中のうちに家を出て、やはりあちらこちらを当てなく歩いた後、当時は区役所の裏手にあった荒川児童館に行った。そこはマンガ雑誌が自由に読めるお気に入りの場所で、時間を潰す当てがない時の頼みの綱だった。

午後三時を過ぎたあたりだろうか、急にゴロゴロと雷が鳴り始めた。窓から見てみると、空にはどんよりとした重たげな雲が流れていて、すぐにでも激しい雨が降りだしそうな気配だった。

子供の愚かさと言われればそれまでだが、私はその空模様を見て、すぐに家に帰るべきだと判断してしまった。このまま児童館で時を過ごせば、閉館する五時にはどしゃ降りになっているだろうと思ったのだ。実際はただの夕立であるから、激しく降ってもすぐに止むのに。

私は児童館を出て、走って家に向かった。けれど、あと少しというところで大粒の雨が頬を掠《かす》めた。あたりには湿った土のような匂いが満ち、これから来る雨の激しさを予感させた。

(しょうがない……今のうちに雨宿りしよう)

私はとにかく屋根のある場所を探した。このまま無理を通してずぶ濡れになって帰ったら、母に怒られることは明白だった。

その後、私が飛び込んだのは、三河島の駅から程近い場所にある浄正寺という寺である。

小さな門をくぐると右手に小さな墓場があり、それと向かい合う形できれいな観音像が立っていた。それほど広くない境内の突き当たりには本堂があって、その軒先で急場をしのごうと思ったのだ。

私がそこに滑り込むのとほとんど同時に、激しい雨が降ってきた。天から見えない岩が転げ落ちてくるような雷の音が響き、空全体が何度もフラッシュのように光った。

私は住職さんたちの目に止まらないよう、しゃがみ込んで身を低くしていた。雨宿りしていても怒られはしなかっただろうが、逆に気にかけられるのが嫌だった。

時間が経てば経つほど、雨は激しくなった。風も出てきて木々が生き物のようにざわめき、空が光って視野が露出オーバーのような状態になるたびに、目の中に観音像の姿が焼き付けられるような気がした。

その観音像は、三河島事故で亡くなった人たちを慰霊するために建てられたものである。

三河島事故というのは昭和三十七年五月三日に起こった電車の多重衝突事故で、百六十人が亡くなり、負傷者は三百人にものぼったという大惨事である。その時に遺体を安置していた場所のひとつが、この浄正寺なのだという。

私が住んでいたアパートも、この現場のすぐ近くだった。

アパートを出ると、すぐ目の前に小さな商店街がある。その道を右に数メートル歩くと十字路があり、そこで立ち止まって南に顔を向けると、すぐ正面に常磐線が通る築堤が見える。まさしくそこが大惨事の現場なのだ。

もっとも私が越してきたのは事件から数年が過ぎてのことだったが、

毎年五月三日の憲法記念日には、築堤のガード入り口にたくさんの花束が供えられているのを見たものだ。

事故当日、そのあたりは地獄の様を呈していたという。

発生が祭日の夜だったので、電車には行楽帰りの客が多く乗っていた。したがって犠牲者には二十代の若者や、それ以下の子供たちが多かったとも聞く。また救急車が間に合わず、地元の人たちが戸板に怪我人を乗せて病院に運んだというのは、有名な話だ。

その事故のことを私に教えてくれたのは、商店街の駄菓子屋のお婆ちゃんであった。そんな可哀想な亡くなり方をした人たちを祀っているのだから、浄正寺の近くを通った時には、できるだけ慰霊碑に手を合わせるように……と彼女は常々言っていたものだ。だから大人になった今では、あのお婆ちゃんの顔とこの寺の観音像はどこかダブっている。

雨宿りを始めて二十分ほどで雷は聞こえなくなり、空はしだいに明るくなった。けれど雨はまだ完全には止んでおらず、私は本堂の軒先にしゃがんだまま、ぼんやりと参道の石畳の繋ぎ目が小さく泡立つのを眺めていた。

その時、不意に遠くで聞き覚えのある言葉が聞こえた。浄正寺は町の中にある小さな寺なので、塀のすぐ外の車の音や大きめの人の声は、本堂の近くにいても当たり前に耳に届く。

「おい、アホる子、傘なんか差したってしょうがねえだろう、もうバカなんだからよ」

「お前、ニヤニヤ笑ってばっかだな。気持ち悪いんだよ」

アホる子——さっきも言ったように、それは渡部薫子のアダ名である。どうやら寺の塀の向こう側に薫子と、それをからかう何人かの男の子が歩いているらしい。確か彼女の家は荒川区民会館（今ではサンパール荒川という洒落《しゃれ》た名前になっている）の裏手にある小さな雑貨屋だと聞いたことがあるが、こちらの方にまで遊びに来ることもあるのだろうか。

ちなみに私が子供の頃は、雨には核実験の放射能が混じり込んでいるので、傘を差さずに歩いたらハゲたり頭が悪くなったりするという噂があった。

彼女をからかう声を聞いても、私は何とも感じなかった。可哀想とも思わなかったし、むしろ彼女はからかわれても仕方ないとさえ思っていた。けれど堪えきれずに雨の中に出て行く気になったのは、こんな言葉を聞いたからだ。

「アホる子、お前の父ちゃんって、お前がバカだから出てっちゃったんだろ」

「違うよう」

それまで何も答えなかった彼女の声が、初めて聞こえた。

「お父ちゃんは、名古屋に働きに行ってるの。お母ちゃんが、そう言ってたもん」

「そんなのウソに決まってんだろ。お前の父ちゃんは、お前がバカなのがイヤで出てったんだよ。俺はそう聞いたぜぇ」

「違うもん！」

そんなやり取りを耳にした時、私は黙っていられなくなった。雨はまだ強かったが、濡れるのもかまわずに寺の外に出た。

区役所の方に続く道に赤い傘を差した女の子が歩いていて、そのまわりを三人の男の子が付きまとっているのが見えた。男の子たちは頭から足の先までびしょ濡れで、どうやら豪雨さえ遊びの種にしたらしい。

「ライダーキーック！」

その中の一人が調子に乗って、突然薫子の背中にとび蹴りした。バランスを崩した薫子は、傘を持ったまま前のめりに膝をつき、それを見ていた仲間の一人が、大きな声ではやし立てた。

「今のでお前にアホる子菌がついたぜ。きったねぇ」

私は黙って彼らの後ろから近づいた。そして薫子に蹴りを入れた少年の肩をポンポンと叩き、彼が振り向く瞬間を見計らって、思い切り拳を頬骨に叩き込んだ。

「お前ら、いい加減にしろよ」

私はできる限りの鋭い目を作って、連中の一人一人を睨みつけた。

「俺の父ちゃんも出てってたんだけど、やっぱり俺がバカだからからかね」

少年たちの顔には見覚えがあった。みんな同学年の連中で、一人は以前、同じクラスだった。

「……ごめんなさい」

私の恫喝に恐れをなした一人が言うと、みんなはすぐにそれに倣《なら》って頭を下げた。

「俺に言ったってしょうがないだろ。渡部に謝れよ」

全員が薫子に謝るのを確かめてから、私は連中を解放した。おそらく夏休みが終わったら、私は薫子の恋人ということにされているかもしれないが、どうでもいい……と思った。

「ありがとう」

すべてが終わってから薫子は言ったが、いつも笑顔を浮かべている彼女にしては珍しく、どこかムッとした顔をしていた。

「あのさぁ、そんなふうに、すぐに人をぶつのはいけないよ」

その呑気な言葉に、私は笑いたくなった。私が殴ったからこそ連中が謝ったのだという現実を、薫子は見ていなかったらしい。

「やっぱり、お前はバカだな」

私が言うと、薫子はプイッと横を向いて答えた。

「もうすぐ、バカじゃなくなるもん」

「どうして？」

「私、九月から学校かわるんだよ。ちゃんと私にわかるように、勉強を教えてくれる学校に行くんだ」

詳しく聞いてみると、彼女は二学期から特殊学級を設置している別の小学校に移るらしかった。

距離的には大して離れていないが方角がまったく反対なので、おそらく二度と会わなくなるだろう。どうやら彼女の恋人認定を受けずに済みそうだ。

「よかったじゃん。せいぜい元気でやれよ」

私が肩をポンと叩くと、彼女はにっこりと笑った。

4

その直後に突然、父が戻ってきた。

向こうの女性とうまくいかなくなって別れてしまったらしいが、仮にも落ち着いていた家の中に、再び嵐が巻き起こったのは言うまでもない。

「別れたからって、全部水に流せるとでも思ってるの」

母は当然過ぎる主張を繰り返し、父は恥ずかしげもなく、都合のいい言葉を並べ立てた。

正直なところ、私は父に帰ってきて欲しくなかった。

母の言うとおり、一度は家族を棄てたという事実が消えるはずもないし、そのために私が被った被害が償われるわけでもない。行くところがなくなったからと言って、おめおめと帰ってくるのも恰好の悪い話だ。こんなに簡単に帰ってくるのなら、私が母の機嫌の浮き沈みに戦々恐々としていた日々は、いったいどうなるというのだろう。

けれど最終的に両親が復縁を果たしたのは、当時子供だった私に言わせれば不思議というほかはない。それが男女関係の奥深さなのかもしれないが、やたらと父も母も〝私のため〟という言葉を使っていたのは、どうにも不愉快でならなかった。

私は、すべてがバカバカしいと思った——父も母もバカバカしければ、学校もバカバカしい。世界は誰かの都合に合わせてクルクル変わり、それに振り回されている自分もバカバカしい。テレビも映画も本も世の中も、何から何までバカバカしいのだ。

十歳にして私は、そんな虚無の目を持ってしまった。何をしても楽しくなく、すべてが自分とは関係ないことだと感じるようになった。早く大人になって家を出たいと思ったが、日によっては、それさえもどうでもいいことのように感じた。

今だから思うことだが、あのまま成長していたら、きっと私は氷のような心を持つ人間になっていただろうと思う——絶えず社会や人間に対する失望の念を持ち、思いやりや優しさも疑ってかかる寂しい人間に。

けれど何かのバランスを取ろうとしていたのではないだろうが、そんな虚無を知った少し後から、私は奇妙な夢を見るようになった。いや、夢そのものには、何も奇妙なところはない。ただ、まったく見ず知らずの人たちがニコニコと微笑みながら、どこか屋外らしい場所でチョコレートを食べているだけの夢なのだ。奇想天外で何でもありの夢の世界の出来事だと思えば、逆に静か過ぎる風景であった。

初めに見たのは、五歳くらいの少女の夢だ。ピンクのワンピースを着たおかっぱ頭の子だったが、妙にきらきらとした風景の中で、無心にチョコレートを食べていた。音はなく、まるでプールの中にもぐって、その風景を見ているような感じがした。

（今のは、誰だったんだろう）

目を覚ましてから、私は布団の中で首をかしげた。

その少女の顔ははっきりと見えたけれど、まったく見覚えがなかった。知り合いでもないし、テレビで見たような記憶もない。あるいは私が忘れているだけで、どこかで会ったことがあるのだろうか。

もちろん、それだけなら取り立てて騒ぐこともないかもしれないが——驚いたのは、その夢が異様なまでに生々しかったことである。

いつも見る夢よりも格段にハッキリとしていて、まるで現実の出来事のようなのだ。翌朝、少女が食べていたチョコレートの匂いが、鼻の奥に残っているような気がするほどに。

しかし、いくら奇妙な夢でも、一度だけなら、どうということもない。たまたま変わった明瞭な夢を見ただけ……の一言で片付けてしまってもいいことだ。けれど、それがお盆を過ぎた頃から毎日となるとどうだろうか――私はその夢を七日間、一日も欠かさずに見た。そのたびに出てくる人は違うのだが、チョコレートを食べている点においては共通していた。

ある時は高校生くらいの男の子が、学生服姿でチョコレートを食べていた。彼はズボンのポケットに片手を入れ、チョコレートを板のまま齧る、何となくかっこいい食べ方をしていた。また、ある時は上品そうな中年の女性が、やはり上品に小さく折り取って食べていた。そのあくる日は、背広姿の男の人が、私と同じくらいの小学生の男の子と一緒に、一枚のチョコレートを半分ずつに分け合って、楽しそうに食べていた。

（何なんだろう、この夢は）

さすがに七日も続くと、私は首を捻らざるを得なかった。

出てくる人たちには、まったく見覚えがない。いったい彼らは誰で、どうして同じようにチョコレートを食べているのだろう。まさかチョコレート会社が、夢の中にまでコマーシャルを流す方法を発明したわけではあるまい。

そこで私は、以前にマンガ雑誌の記事で見た〝夢を覚えておく方法〟というのを試してみることにした。と言っても、単に枕元にメモ用紙と鉛筆を用意しておいて、目が覚めたら夢をメモしておく……というだけのことである。正直、あまりに簡単なので半信半疑の気持ちが強かったが、やってみると、意外なくらいに効果は大きかった。

私も枕元に小さなメモ用紙と鉛筆を用意して、起きてすぐに夢で見た風景を、できる限り書き留めるようにした。初めのうちは、にこやかにチョコレートを食べる人たちの姿しか思い出せなかったが、メモを取るようにすると記憶力がアップするのか、やがて彼らの背後に、細長い影のようなものがあるのが見えてきた。

(あれは……もしかしたら浄正寺の観音さまじゃないのかな)

その影のようなものの姿が、やがてくっきりと見えるようになったのは、夏休みも終わりに近い日のことだ。

それは間違いなく、浄正寺の観音さま——三河島事故で亡くなった人たちを慰霊するために建てられた観音像だ。そうなると、見知らぬ人たちがチョコレートを食べているのは、浄正寺の境内ということになる。どうしてそんなところで、チョコレートを食べなくてはならないのだろう。

そうとわかると、じっとしてはいられなかった。

その日はあいにく朝から強い雨だったが、ある程度まで弱まるのを待って、私は浄正寺に行ってみることにした。商店街の外れにあるアパートからは、小学生の足でも十分程度で着くことができる。

出かけたのはちょうど昼頃で、雨はかなり弱くなっていた。完全に止むのも時間の問題のように思えたが、私は念のために傘を差して出かけた。

浄正寺の境内は、その日もいつものように静かだった。小さくなった雨の粒が、桜の葉や参道の石畳に当たる音が聞こえるほどに。

(別に何ともないよなぁ)

そう思いながらも、私は十分ほど境内を歩いてみたりした。墓地に並んだ墓石や、例の慰霊碑や観音像もしっとりと雨に濡れ、いつもより生気(と言うのも、変な感じだが)があるような気がした。

やがて、そこで時間を使うのにも飽きて、私は外に出ようとした。ちょうどその時、不意に赤い傘が門をくぐってきたのだ。

(誰かと思ったら……渡部かよ)

そう、それは見覚えのある傘を差した渡部薫子だった。私はとっさに、墓参用の閼伽《あか》桶を並べてある棚の陰に身を隠し、事の成り行きを見た。

薫子は傘を差したまま観音像の前に立つと、勢いよく両手を打ち合わせ（言うまでもなく、それは間違ってる）、ハッキリとした声で言ったのだ。

「早く××くんが私のテレパシーを受信しますように」

××というのは私の名前である。しかし、テレパシー云々と言うのが何を意味するのか、よくわからない。

「おい、渡部」

彼女が顔を上げるのを待って、私は声をかけた。振り向いて私の姿を見つけると、薫子は驚いたように体を引きつらせた。

「あぁ、びっくりした。急に声をかけないでよ」

前もって声をかけても、その時に驚くと思うのだが。

「でも、よかった。ちゃんと私のお願いが届いたんだね」

どこかホッとした口調で、薫子は呟いた。

「今、ちょろっと聞こえたけど……テレパシーって何？　何か俺に用だった？」

「あのね」

私が尋ねると、赤い傘の中にいる薫子の顔が、さらに赤くなる。

「実は、この間のお礼がしたくって……でも、どこに住んでるかわかんないから、毎日、この観音さまにお願いしてたの。もう一度、××くんがここに来てくれるように」

そう言いながら薫子はスカートのポケットをまさぐって、一枚の板チョコを取り出した。それは忘れもしない、例の冤罪をかけられた時のチョコレートとまるで同じものだった。

「この間はありがとう。はい、これ」

私がそれを受け取ると、チョコレートはすでにグニャグニャだった。

雨が降っているとはいえ、その日はまだ八月だったのだ。

「溶けちゃってるじゃん」

私は笑いながらパッケージを取り、銀紙を開いた。まるで焼きたてトーストの上のマーガリンのように、チョコレートはとろけていた。

私はそれを人差し指の先で掬って舐めて見せた。

「おいしい？」

「あぁ、うまいよ。俺、チョコレート大好きなんだ」

そう答えながら、私は奇妙な感慨を覚えた——この寺の境内で、自分がチョコレートを食べることになるなんて。

「渡部……お前、この観音さまに、毎日、お願いしてたって言ったけど」

私は自分の見た、奇妙な夢の話を彼女に聞かせた。

「あぁ、それはきっと、事故で死んじゃった人たちだよ」

薫子は、まるで当たり前のように言った。

「あの事故が起こった時、うちのお父ちゃん、近所の人たちと力を合わせて、たくさんの人たちを病院に運んだんだって。でも、途中で死んじゃった人や、病院に着いたのに死んじゃった人が、いっぱいいたんだってさ……きっと、その人たちが、手伝ってくれたんだよ」

その言葉に一瞬、私は背筋が寒くなるのを感じたが――夢で見た彼らの顔を思い出すと、そんなふうに感じるのは奇妙だと思った。彼らは本当に、おいしそうにチョコレートを食べていたのだから。

「そういえば……毎日、ここに来てたのか？」

「うん。だって、もうすぐ会えなくなっちゃうじゃん」

つまり私が夢を見た日は、彼女がここに来て、観音さまに願を掛けていた日ということになるのだろうか。私のために、そんなに何日も
――。

「ありがとう……ありがとうな」

私は不覚にも胸が苦しくなった。リアルタイムではなかったかもしれないが、彼女の願いは確かに届いていた。

「お礼を言ってるのは私なのに、××くんって変なの……でも、学

校がかわる前に話せてよかった」

薫子は例の困ったような笑顔を浮かべて言った。

「××くん、この間も言ったけど、すぐに人をぶつのはよくないよ。みんなに嫌われちゃうよ」

「それはわかってるんだけどさ」

私は、そう答えるしかなかった。人を殴って自分の思いどおりにさせるのが楽しいからだとは、とても彼女には言えなかった。

「恥ずかしいけど、もうお別れだから言っちゃうね……私、××くんの笑ってる顔、大好き」

それだけ言うと、薫子は素早く傘を倒して顔を隠した。照れている自分の顔を見られたくなかったのだろうが、彼女がそうしてくれたのは私にも幸いだった。

その言葉を聞いたとたん、私はどうしても——どうしても目の奥から涙が溢れ出てくるのを、止めることができなかったからだ。

こんな私でも、好きだと言ってくれる人がいるなんて。

心根のひねくれた乱暴な私でも、笑ってる顔がいいと褒めてくれる人がいるなんて。

人とわかりあう努力を自ら投げ出してしまった私なのに。

「ありがとう……渡部」

流れ出てきた涙を懸命に手の甲で拭いながら、私は言った。彼女は少しだけ傘を持ち上げて、私の顔を見た。

「あれえ、変なの。なんで××くん、泣いてるの？」

「そりゃあ……嬉しいからだよ」

私は精一杯、正直に答えた。

「そんなのウソだよ。だって私、頭悪いんだよ。アホる子だよ。自分の名前、漢字で書けないし……そんな子に好きって言われても、嬉しいはずないでしょ」

「いや、嬉しい……すごく」

「ほんとに？」

「ほんとに」

私が答えると、薫子はしばらくじっと私を見つめていた。やがて困ったような笑顔のまま、彼女もきれいな涙を流した。

「私も嬉しいよ」

その時、足元の石畳に日が当たり、不意に私たちの影が伸びた。完全に雨が止んで日が出てきたようだ。私が傘を降ろすと――目の前の空に大きな虹がかかっていた。

「渡部、虹だ」

「うわぁ、ほんとだ」

私たちはそれぞれに傘を降ろし、浄正寺の境内で肩を並べて大きな虹を見つめた。戻ってきた日差しが強いせいか、くっきりと力強い虹だ。

「××くん、何かミカンみたいな匂いしない？」

しばらくして薫子が、虹の方に顔を向けたまま言った。

「そういえば、少し」

確かに彼女の言うとおり、どこからかほのかな柑橘系の香りが漂っていた。雨に濡れた緑の匂いとは明らかに違う、鼻の奥を柔らかく刺激するような香りだ。

「なんだろう……虹の匂いかな」

「まさか」

彼女の言葉に私は笑ったが、心の隅ではチラリと、そうかもしれない……と思った。世の中にはテレパシーが通じたりすることも、あるいは心優しい死者たちが、名もない少女に力を貸してくれるようなこともあるのだ。虹がほのかに匂うようなことがあっても、何の不思議もないではないか。

私たちは傘を投げ出し、どちらからともなく手を繋いだ。

5

私の読みどおり、滝のような雨は二十分ほどで弱まった。同じように雨宿りしていた人の中には、早々と駅ビルから出て行く人もいた。雲が早く流れていく空に目をやって、自分はどうするか考えた。少し悩んで、もう少しだけ待った方がいいという結論を出す。

（そういえば、近頃は虹なんか見てないなぁ）

駅前の空を見上げながら、そんなことを思った。

思いがけなく得た余白の時間――いつの間にか私は、三十年以上も昔の少年時代に返っていた。

並んで虹を眺めた日の薫子の笑顔を思い出すと、今でも鳩尾あたりが温かくなるような気がする。彼女は誰からも疎まれていた私に、初めて無償の愛情を分けてくれた女性だ。あの頃、彼女とめぐり合わなければ、私はたぶん道を踏み外していただろう。

あの日をきっかけに、私は再び学校に溶け込むように努めた。

初めのうちはうまくいかなかったけれど、徐々に成果が出て、卒業する頃にはたくさんの友だちに囲まれていた。卒業式の後、みんなで撮った記念写真の中で、私は何人もの友だちと肩を組んで笑っている。

あんなふうになれたのも、やはり薫子のおかげだろう。別の学校に移ってしまった彼女と一緒に卒業できれば、もっとよかったのに。

きっと世の中には、自ら進んでのら犬になった犬はいない。ほんのわずかでも、愛されていること――自分が誰かに必要とされていることとが実感できれば、踏み外しかけた道を戻ることもできるのではないかと思う。

（そろそろ行くか）

雨の粒がかなり小さくなったのを確かめて、私も足を踏み出した。それと同じタイミングで、目の前の道を赤い傘が曲がってくるのが見えた。

赤い傘の主は私の姿を見つけると、小さく手を振った。もう片方の手には、紳士用の傘を一本提げている。

「おかえりなさぁい」

やがて彼女は私の前に立ち、昔とあまり変わらない口調とともに傘を差し出してくれる。

「何だ、わざわざ」

「たまにはいいじゃない。でも、よかった……私が着く前に雨がやんじゃったら、どうしようって思った」

「電話もかけてないのに、よくわかったな。俺が駅に着いてるって」

「何となく、わかったのよねぇ」

そう言って薫子は眉尻を大きく下げて、困ったような笑顔を浮かべた。

湯呑の月

私の記憶の中のその人は、いつも微かな笑みを浮かべています。くっきりとした二重瞼をやや伏せて、形の良い唇から歯をのぞかせることなく――けれど黒目がちの目には、どんな時でも小さな子供を見守っているような光があって、私はその微笑が何より好きでした。もちろん白い頬にほっこりと出る、小さな小さな笑窪も。

その人を偲《しの》ぶには、月の美しい夜ほど相応しい頃合いはありません。どうしたことか、その人を思うと何より先に、お乳のような色の光を冴え冴えと放つ月が、自然と頭に浮かんでくるからです。きっと一緒に飲んだ〝お月さまの水〟の甘さが、幼かった私には、よほど印象深かったのでしょう。

私はその人が――明恵おばちゃまが大好きでした。

1

私のアルバムの古い写真の中に、若き日の明恵おばちゃまが写っているものがあります。病室のベッドで上半身を起こし、生まれたばかりの私を抱いている母のすぐ隣で、私を覗き込むように身をかがめている姿のものです。おそらく荒川産院の病室で、写真好きだった父が撮ったものでしょう。

母はやつれた笑いをカメラの方に向けていますが、おばちゃまは記念撮影など眼中にないように、産着《うぶぎ》にくるまれた私に顔を向けて、まさに弾けるような笑顔を浮かべています。昭和三十七年のこの時、母は二十四歳ですから、四つ年下のおばちゃまは、二十歳になったばかりの頃のはずです。

その若く屈託のないおばちゃまの顔を見ると、私は何だか胸がドキドキしてくるような感じを覚えます。

たとえば、その写真の世界と今の世界が何かの拍子に繋がって、その頃のおばちゃまと言葉が交わせたりしたら、どんなにいいでしょう。それから後に起こる様々なことを教えてあげることができれば、きっとおばちゃまの人生は、もっと違うものになっていたと思うのです。

もっとも、そんなことをおばちゃまは、少しも望まないかもしれませんが。

幼い頃から、明恵おばちゃまは私の自慢でした。優しくて、きれいで、歌が上手で、素敵な洋服が作れて――大人になったら、自分もおばちゃまみたいな人になりたいと、私は思っていたものです。

けれど私がそう言うと、おばちゃまはいつも寂しそうに笑って、こんなふうに答えるのでした。

「そう言ってくれるのは嬉しいけど、私はムッちゃんみたいな元気な子になりたかったな。みんなと駆けっこしたり、バレーボールをしてみたいって、いつも思ってたの」

おばちゃまは生まれつき心臓に病気があって、お医者さんから激しい運動を禁じられていました。ですから小学校の頃から、体育の時間は見学していたそうです。わざわざ私の家の近くのアパートに住んでいたのも、当時かかっていたお茶ノ水の病院に近いことと、姉である母のそばにいた方がよい……と、葉山の祖父が考えてのことでした。

その家はすでにありませんが、私は生まれてから結婚するまで、台東区谷中のはずれで暮らしていました。

子供の足でも上野公園まで簡単に行ける距離で、そのせいでしょう、学校行事で行くのも家族で遊びに行くのも上野公園で、アルバムの中には公園中央の大きな噴水の前で撮った写真が、少なくとも二十枚はあります。

もちろんおばちゃまと二人で撮ったものもありますが、特に幼稚園の頃に撮ったものは、おばちゃまの足にしがみつくように抱きついていて、「この人は私のおばちゃまだから、誰にもあげない」と子供心に主張しているように見えて、笑いを誘います。私はよっぽど、おばちゃまが好きだったのでしょう。

先ほども言いましたように、明恵おばちゃまは母の四つ下の妹です。母はもともと神奈川県の出身ですが、教科書を作る出版社で働いていた父と結婚して、谷中に移り住んだのでした。おばちゃまとは二人きりの姉妹で、子供の頃から、とても仲が良かったそうです。

おばちゃまには心臓の持病がありましたが、無茶なことをしなければ大事はなかったので、高校を卒業してから、手に職をつけるために洋裁学校に通うことになりました。その学校があったのが鶯谷駅近くの根岸でしたので、おばちゃまは母の家の近くにアパートを借りて、一人住まいをすることになったのです（あるいは、母の家の近くだったからこそ、その学校を選んだのかもしれません）。また、半月に一度、お茶ノ水の順天堂まで検診に行かなくてはなりませんでしたので、その点でも便利でした。

ですから私が物心ついてから、おばちゃまは、ずっと近くにいました。

その頃はすでに学校を卒業し、おばちゃまは洋裁の下請け仕事をしていましたが、内職のようなものでしたので、アパートの部屋を訪ねていけば、たいていい会うことができました。ですから、しょっちゅう部屋に行ってはオヤツをご馳走になったりしていたのですが、私が五歳になった頃、母が家計を助けるためにデパートの惣菜売り場でパートタイムを始めたので、おばちゃまと過ごす時間がさらに増えました。

「睦美ちゃんは、お母さんが二人いるみたいでいいね」

夕方、母の代わりにおばちゃまが迎えに来てくれた時、そんなことを幼稚園の先生に言われた覚えもあります。けれど私は、そんなふうに思ってはいませんでした。

あまり母の耳には入れられないことですけど——母はあくまで〝お母さん〟であり、時には怖かったり、鬱陶しくもあったりしたのですが、私の中でおばちゃまは〝お姉さん〟のようなもので、時には憧れの対象であったり、際限なく甘えられる存在でもあったのです。

そう感じるのは、むろん二人の立場の違いから来る、私に対する接し方の差のためであったと思います。母親は躾のために厳しいことも言わなくてはなりませんし、いつも甘い顔ばかり見せるわけにもいきません。けれど叔母ならば、やや距離があるので、少しくらい甘やかしても許される雰囲気があります（のちに私も自分の子供は厳しく接して育てましたが、甥や姪には、かなり甘い伯母でした）。

それに仲良し姉妹でも、やはり性格の違いというのはあって――そのたくましい外見どおりに、母はかなり気の強い人でした。明るく陽気でもあったのですが、いわゆる〝がさつ〟と紙一重の部分もあり、怒れば、かなり怖いのです。

「なんだって睦美は、そんなにグズなのかね！　そんなこっちゃ、大きくなっても使い物になんないわよっ」

何ごとにも手の遅い私は、よくそう叱られたものです。母は何でもパッパッとやってしまう性分の人でしたので、いちいち考えなければ手を動かせない私が、本当にじれったく見えたのでしょう。

若い頃は文学者を志していたという父の影響でしょうか、私も小さい頃から本が好きで、どちらかと言うと、おとなしくて夢見がちな少女でした。むろん、おばちゃまに羨《うらや》ましがられるくらいに走り回って遊ぶ時もあったのですが、図書館に行ったり絵を描いたりするのが大好きで、将来は絶対に文房具屋さんか本屋さんの人と結婚しよう……と、小学一年生の頃には思っていたくらいです。

また、いろいろ空想するのも好きで、夕食の後に部屋の窓から外を見ながら、長いことポーッとしていることもありました。その時の私には空を飛んでゆくピーター・パンが見えていたりするのですが、むろん母には見えるはずもなく、ただボンヤリと時間を無駄にしているとしか思えなかったのでしょう、いきなり頭をパチンと叩いて、早くお風呂に入るように言うのです。

そういう性質の子供にとっては、何ごとも手早くこなすことを美徳とする母親は、なかなかに気詰まりな存在です。何かしている時に横でじっと見つめられ、「あぁ、あんまり遅いんで、イライラしてきちゃうね」などと言われては、もう母の前では何もするまい……と子供心に思ったりしたものでした。

けれど、明恵おばちゃまは、けしてそうではありませんでした。いえ、料理やお裁縫、お掃除などの手並みは母同様に早くて、しかも上手だったのですが、それを人に強いるということが、まったくなかったのです。

「世の中にはいろんな人がいるんだから、性格や性分はみんな違っていて当たり前よ。ほら、動物園に行っても、お猿さんはいつもチョコマカしてるし、ライオンは寝てばかりでしょう」

それは性格とは違うような気がしましたが、おばちゃまなりに私を慰めてくれているのがわかりましたので、私はとても嬉しく思いました。

思えば、おばちゃまは頭ごなしに何かを言うことがありませんでした。大きな声を出すことも、理由もなく怒ることも、ありません。何より、他人に自分の感情をぶつけるのが、うまくないのです。

たとえば、小学校に入ったばかりの頃だったでしょうか——ある日、私はおばちゃまと買い物に出かけました。おそらく不忍通りにあった、布地屋さんに行ったのではないかと思います。

小さい頃、おばちゃまと外を歩く時は、たいてい手を繋いでいたものですが、その時のおばちゃまは両手に物を持っていたので、私は一人で、おばちゃまの少し先を歩いていました。その憂さ晴らし（本当は手を繋ぎたかったのです）ではありませんが、私は意味なく道の段差の上を歩いてみたり、商店の店先に出ている幟《のぼり》をポンポン叩いたりしながら歩いていました。

確か団子坂下交差点の手前あたりだったと思いますが——小さな横断歩道に差し掛かったところで、どういうわけか私は、ろくに信号も確かめずに道に飛び出してしまったのです。我ながら迂闊ですが、その時にはそれなりの理由があったのかもしれません。

突然、目の前で一台のトラックが、凄まじいブレーキ音を立てて停まりました。私はその時初めて、歩行者側の信号が赤だったことに気づきました。

「ムッちゃん！」

おばちゃまは持っていた荷物を放り出し、横断歩道の真ん中で魂が抜けたように立ち尽くしていた私を、背中から抱きしめました。

「お嬢ちゃん、ちゃんと信号を見ないとダメだよ」

怒鳴る気満々で運転席から顔を出したドライバーが、おばちゃまを見た途端に、急に優しい態度に変わったのを覚えています。

おばちゃまは何度も頭を下げてから私を歩道まで引き戻すと、しゃがんで私と同じ目の高さになり、静かな口調で言いました。

「ムッちゃん、あのね……」

けれど、おばちゃまは、それきり言葉が出てこないようで、「あのね……あのね」と繰り返すばかりでした。母なら、とっくに私の後ろ頭を景気よく叩いているところです。

やがておばちゃまは、一つ一つ言葉を区切るように言いました。

「交差点では、ちゃんと信号を見なくちゃダメよ。それから右と左をよく見て……」

言葉の途中から目が潤み始め、ついには溢れて、白い頬に涙が伝いました。

「おばちゃま！　もしかして、お胸が痛いの？」

私はとっさに思いました――私がトラックに撥ねられかけたのに驚き、おばちゃまの心臓が発作をおこしてしまったのだ、と。

「ううん、大丈夫……別に心臓は痛くも苦しくもないわよ」

そう言いながら、おばちゃまは私の手を取り、両方の手で包み込むようにして握りました。口では何でもないように言っていましたが、早くなった心臓の鼓動がその手から伝わってきます。

「でも、心が痛いわ。もし、あのままムッちゃんが車に轢《ひ》かれてたらと思うと……心をどこかにぶつけたみたいに、ヒリヒリする」

私の手の甲に頬ずりしながら、おばちゃまは言いました。

「ムッちゃん……本当に気をつけて。ムッちゃんみたいな小さな子が、あんな大きな車に轢かれたら、死んでしまうのよ。死んでしまったら、もう二度とお父さんやお母さんや、お友だちに会えなくなってしまうの。もちろん、おばちゃまにもね」

その言葉を聞きながら私も辛くなってきて、ついには泣き出してしまいました。おばちゃまは私の体を抱きしめて、背中や頭を優しく撫でてくれました。

その時、私はもう二度と絶対、おばちゃまを驚かせたり、心配させたりすることはやめようと思いました。もちろん心臓のこともありますが――あんなに辛そうな顔を、おばちゃまにさせてはいけないと思ったのです。

2

本当に交通事故は恐ろしいものです。

それ以来、私は道を歩く時は、これ以上ないほどに慎重になったのですが——思いがけず、母がその被害者になってしまいました。

私が小学二年生の秋のことですが、パートタイムの帰り、池之端の横断歩道を渡っていたところを乗用車に撥ねられてしまったのです。よく晴れた日の午後のことで、まだ車との距離が十分にあると思い込んだ母が、信号を無視して渡ってしまったせいでした。

母は女性としてはガッシリとした体格の持ち主でしたので、幸い首から下の怪我は大したものではありませんでした。けれど倒れた時にアスファルトに頭を強く打ち付けてしまい、病院に運び込まれた時は意識不明の状態だったのです。

　知らせを聞きつけた父は会社を早引けしてくると、私とおばちゃまを連れて病院に駆けつけました。頭を包帯でグルグル巻きにされた母が個室に寝かされていて、その姿にショックを受けた私は、その場に尻餅をついてしまいました。

「とりあえず現時点では、命に関わる可能性は低いそうなんだが……」

　お医者さんから詳しい話を聞いてきた父が、私とおばちゃまに説明してくれました。

「今のところは、このまま意識が戻るのを待つほかはないみたいだ」

私たちは母のベッドを囲んで、じっと見守ることしかできませんでした。時折瞼が動いているのを見ると、すぐにでも目を覚ましそうに思えましたし、その動きがおさまってしまうと、永遠に眠り続けるようにも感じられました。

やがて夜が更け――まだ八歳になったばかりだった私は、しだいに目を開けていられなくなってきました。母の一大事なのですから、何が何でもがんばりたいところでしたが、ふだんは夜の九時には熟睡しているのですから、かなり辛かったのは本当です。

「睦美……ここは父さんに任せて、今日は明恵おばさんの部屋に泊まらせてもらいなさい。母さんは大丈夫だから」

やがて見かねた父が言いました。もちろん私はすぐに首を横に振りましたが、もとよりおばちゃまも、なるべく負担をかけないようにしなくてはならない体です。ここは、父の言葉どおりにしておいた方がいいように思えました。

結局私とおばちゃまは、タクシーでアパートに向かいました。着いたのは十一時少し前――当時の私には、深夜にも等しい時間です。

「ムッちゃん、もう少しがんばってね」

私は部屋の壁に凭《もた》れて、慌てて布団を敷いているおばちゃまを、ぼんやりと見ていました。

あの頃、おばちゃまの住んでいた部屋は、少し高くなった土地のてっぺん近くにある木造アパートの二階でした。建物の入り口で靴を脱ぎ、板張り廊下を通って、それぞれの部屋に行く方式のものです。今は個々の部屋が独立したアパートが大多数だと思いますが、昔はそういうスタイルの方が主流だったのです。

部屋の引き戸を開けたところに小さな流し台があり、あとは六畳一間があるだけでしたが、さすがに若い女性の住まいだけあって、おばちゃまの部屋は、いつもきれいでした。

部屋に入って真っ先に目に飛び込んでくるのは、大切な商売道具の足踏みミシンですが、使っていない時は手製のレースのカバーでスッポリと覆われていて、パッと見には洒落たテーブルのようでした。その上には、いつも季節の花の入った花瓶が飾られていたので尚更です。

東向きの窓にはオレンジ地に赤いラインの入ったカーテンがつけられ、食事をしたりする時に使う足折れ式の小さなテーブルにも、ミシンと同じようなレースのカバーが掛けられていました。部屋の隅には背の低い本棚があり、大小さまざまの本がきれいに納められていましたが、今から思えば、太宰治や中原中也の名前が並んでいたような気もします。その本棚の上には葉山の祖父母の写真と私たち一家の写真が飾ってあって、そこに写っている私が赤ちゃんのままなので、見るたびに恥ずかしい気分になっていたものです。

「さぁ、できたわよ。いつもみたいに、おばちゃまと一緒でいいわよね」

ミシンや他の家具が場所を塞《ふさ》いでいるために、布団は一枚しか敷けませんでした。ですから、おばちゃまの部屋にお泊まりさせてもらう時は（滅多にあることではありませんでしたけど）、いつも同じ布団で、抱き合うようにして眠っていたのです。

布団に身を横たえた瞬間は、その冷たさに目が冴えたような気もしたのですが、両足をおばちゃまの足に絡めていると、なぜだか体全体が温かくなって、私はすぐに眠りに落ちました。

ですが——体は眠りたがっているのに、やはり心は母のことが気になっていたのでしょう、私は真夜中に一人、目を覚ましてしまいました。毎朝起きる時の目覚めと違って、突然にパッチリと目が開いたのです。おばちゃまは私を抱きしめてくれながら、静かな寝息を立てていました。

(お母さんが死んじゃったら、どうしよう)

私は暗い六畳間で良くないことを考えて、一人で泣きました。

「ムッちゃん……お母さんのことが心配なのね」

自分の胸に顔を埋めて泣いている私に気づいて、おばちゃまも目を覚まして言いました。

「命に関わる可能性は低いって、お父さんが言っていたでしょう……だから大丈夫よ」

「わかってるけど……わかってるけど」

その頃の私は、父の言うことやすることには絶対に間違いがない、と思っていました。とても有名な大学を卒業していますし、いろんなことをよく知っていて、会社でも偉い立場にあります。勝気な母でさえ父には強いことが言えず、まさに私の家は父を中心に回っていました。

だから、父が大丈夫だといえば、必ず大丈夫のはずです。悲しいことが起こることなんか、絶対にあり得ません。

それでも――私は安心することができませんでした。母がパッチリと目を開け、いつものように「睦美！」と私の名前を呼ぶのを聞かなければ、とても落ち着くことなどできはしないのです。

「それに……暗くて怖いの」

私はおばちゃまに身を寄せて言いました。いつもなら、どうと言うこともない暗闇でしたが、その日に限っては妙に怖い気がしたのです。まるで部屋の角の暗がりに、悪い知らせを持ってきた何かが潜んでいるように思えて……。

「ねぇ、電気をつけていい？」

「いいけど……それじゃあ、ムッちゃんは眠れないでしょう?」

私の家では、眠る時は豆電球さえつけない習慣でしたので(父が好まないのです)、私も暗くなければ寝つけない性質でした。

「でも、怖いんだもん」

「じゃあ、お月さまに部屋に来てもらいましょう」

おばちゃまは不思議なことを言うと、静かに布団から出て、電気をつけずに流し台の方に行きました。ほんの数秒、何か瀬戸物を弄《いじく》っているような音がしたかと思うと、やがて両手に湯呑を持って戻って来ました。

湯呑をミシンの上に置くと、おばちゃまはカーテンを開けました。月が出ているらしく、柔らかな白い光が差し込んできます。続いてガラス窓を開けると、涼しい秋の風がそよそよと吹き込んできました。

「ムッちゃん、こっちにおいで」

おばちゃまは窓から首を出して、暗い空を見あげています。私は意味がわからないまま、その横に立ちました。

「ほら、きれいなお月さま」

同じように窓から首を出してみると、ずっと空の高いところに、丸い月が出ていました。満月のようにも思えましたが、少しばかり歪《いびつ》な気もします。

「お月さまに、お母さんが早く治りますようにって、お願いしましょう」

おばちゃまは私を窓辺に座らせると、小さな湯呑を手渡してくれました。中には八分目くらいまで水が入っています。湯呑は、私専用におばちゃまが買ってくれていた、『トッポ・ジージョ』の絵のついたものでした。

「さぁ、この中に、お月さまをつかまえてね」

おばちゃまは私の隣に腰を降ろすと、手にしていた自分の白い湯呑を、窓辺でゆっくり8の字を描くように動かし始めました。

「おばちゃま、何をしてるの」

「ムッちゃんも、やってごらんなさい。その湯呑の中に、あのお月さまをつかまえるのよ」

つまり湯呑に満たした水の表面に、月の姿を映せ……と言っているようです。

「ふふ、私はもう、つかまえたわよ」

しばらくして、どこか自慢げにおばちゃまは言いました。私が覗き込もうとすると、いたずらっ子のように笑って湯呑を遠ざけます。

「ムッちゃん、覗いてもダメなのよ。私がつかまえたお月さまは、私にしか見えないんだから」

今から思えば、水面に映る月が見える角度は決まっていますので、確かに自分の位置からでしか見えないのは道理です。けれど幼かった私には、何とも神秘的なことのように思えました。

「あっ、私もつかまえたよ！」

ようやく私も湯呑の水面に、空に輝く月を映すことができました。天にある冴え冴えとした乳色の光を放つ月が、私の手の中の小さな湯呑に閉じ込められて震えています。

もし中身が水ではなく、もっと色の濃い液体だったら、その姿はいっそうクッキリしたものになったでしょう。けれど透明な水であったから、良かったような気もします。水面に映った月は半分素通しで、まるで水に溶け込んでいるようにも見えたのですから。

「ほら、お月さまがお部屋に来てくれたでしょう」

私は無言でうなずきました。ただの投影と言ってしまえば、それまでなのですが——幼かった私には、本当に空の月が降りてきてくれたような気がしました。

「じゃあ、お月さまに、お母さんが元気になりますようにって、三回頼んでごらんなさい……お月さまがムッちゃんのお願いを聞いてくれるんなら、お水の味が変わっているはずよ」

「えっ、そんなのウソだよ」

私は思わず言い返しましたが、おばちゃまは微かな笑みを浮かべて答えました。

「やってもみないで、疑うようなことを言ってはダメよ」

仕方なく私は、その湯呑の中の月に向かって、「お母さんを、早く元気にしてください」と、三回言いました。

「じゃあ、お水を飲んでみて」

おばちゃまに言われるままに湯呑の水を一口飲んで、驚きました
——その水が、ほんのりと甘かったからです。

「おばちゃま、お水が甘くなってる！」

私が驚いて言うと、おばちゃまは嬉しそうにうなずきました。

「よかったわね。お月さまが、ムッちゃんのお願いをきっと叶えてくれるわよ」

私は何だか、担がれているような気がしました。いえ、きっと実際に担がれていたのでしょう。

大人になった今なら、その心優しい手品の仕組みはすぐにわかってしまいます――湯呑に水を注ぐ前に、おばちゃまは、あらかじめ砂糖を少し入れておいたに違いありません。つまり湯呑の水は、最初から甘かったのです。けれど幼かった私は、おばちゃまの誘導にまんまと乗ってしまい、本当に水の味が変わったものとばかり思っていました。

実際、それが本当か否かということは、大して意味もないことです。

年を経た今、おばちゃまが幼かった私のために、あんなに一生懸命に楽しい一時を作ってくれたのが、私には忘れられないのでした。

その水を飲むと私は不思議と落ち着き、その後、静かに眠ることができました。そして湯呑の月にお願いしたのが功を奏したのか、母は本当に翌日の昼に目を覚ましたのです。

3

目を覚ました後の母はグングンと回復して、三週間ほどで退院することができました。

先にも言いましたように体の怪我は大したものではなく、心配なのは強打した頭だけでしたが、念入りな精密検査の結果、とりあえず後遺症の類《たぐい》も残らない……とわかって、私たちは大いに安心したものです。

けれど退院してから一月もしないうちに、母は奇妙な人変わりをしました。手の遅い私に苛立つのは以前のままでしたが、それに加えて——なぜか、おばちゃまを遠ざけるようなことを言いだしたのです。

ある日、遊びに出かけようと私が玄関先で靴を履いていると、母が奥から出てきて言ったのです。

「睦美、もう明恵のアパートに行ったりするんじゃないよ」

その日もおばちゃまの部屋に顔を出すつもりだった私は、驚いて母の顔を見つめた後、その理由を問《と》い質《ただ》しました。

「あんたが行くと、仕事の邪魔でしょう」

「……おばちゃまは、私がいても平気で仕事ができるって言ってたよ。逆に、おしゃべりできるから楽しいって」

「あんたが可哀想だから、そう言っているだけよ。とにかく、もう明恵の部屋に行ってはダメだからね。どうしても行く時は、私に断ってからにしなさい」

当然のように私は納得が行きませんでした。この間までは何も言わなかったのに、どうして急にそんなことを言い出すのでしょう。

何より私の湯呑が置いてあるぐらいですから（実は他にも、茶碗とお箸が置いてありました）、おばちゃまの部屋は第二の我が家のようなものでした。幼稚園の頃は、そこで母が仕事から帰ってくるのを待ったものですし、小学校に入ってからも、雨の日の午後は、たいていおばちゃまの部屋で過ごしていました。母自身も、誰もいない家で私が一人でいるより、ずっと安心だと言っていたはずです。

「うるさいわね！　つべこべ言わないで、黙って言うことを聞きなさい！」

あまりのことに私が抗議すると、母は突然大きな声を出しました。いわゆる親の強権というもので、そんなふうに言われてしまっては、子供は何も言い返せなくなってしまいます。

結局、私はおばちゃまの家に行かないことを堅く約束させられました。むろん納得などはしていませんでしたが――大きな声を出した時の母の顔が、今まで見たこともないような恐ろしげな表情だったので、そうせざるを得なかったのです。どこか狐か犬を思わせるような、異様に目の吊り上がった顔でした。

その約束を、私は物の十分もしないうちに破りました。目にしたばかりの母の表情があまりに怖くて、それを伝えるべき人が、おばちゃましかいなかったからです。

「お母さんがムッちゃんに、ここに来ないように言ったの？」

私はおばちゃまの部屋に行き、すべてを報告しました。それを聞いたおばちゃまは、眉をひそめながら、不思議そうに首を捻りました。

「すごく怖い顔で言ってたよ。もしかしてお母さん、頭に怪我をして……変になっちゃったのかもしれない」

実は私が一番恐れていたのは、それでした。お医者さんは後遺症の心配はないと言っていましたが、もしかすると何か重大なことを見落としていたのかもしれません。

「とりあえず、お母さんの言いつけを聞いておくのがいいわね」

おばちゃまはしばらく考えて言いました。その決定には不服でしたが、当のおばちゃまに言われてしまっては仕方ありません。

「ただし、ムッちゃんが来るのを迷惑に思ったことなんて、私は一度もないってことだけは覚えておいてね」

おばちゃまはそう言って、私を抱きしめてくれました。

それから私は母の言いつけどおり、おばちゃまの部屋には行かないようにしました。けれど、遊ぶことまで禁じられたわけではなかったので、休みの日に一緒に上野公園を散歩したり、たまには電車と都電を乗り継いで『あらかわ遊園』に行ったりもしました。

ところが母は、やがてはそれさえも禁じました。いえ、それどころか——私がおばちゃまと会うことそのものを禁じたのです。

「睦美、あんたは子供なんだから、子供と遊ぶものでしょう。明恵みたいな年上の人間とばかり遊んでいてはダメよ」

そんな、わかるようなわからないようなことが理由でした。けれどさすがに、その言いつけばかりは素直に聞き入れるわけにはいきません。私は勇気を振り絞って、正面から母とぶつかりました。その時私は八歳でしたが、八歳なりの意地を見せたつもりです。

「いい加減にしなさいっ！」

数分の口論のあげく、しつこく食い下がる私の頬を、母は例の目を吊り上げた顔で思い切り叩きました。

実はそれまで頭や背中やお尻は何度も叩かれていたのですが、さすがの母も女の子の顔にだけは手を出しませんでした。それでも叩いたということは――よほど私に言うことを聞かせたいか、本当におかしくなってしまった、ということではないでしょうか。そう思うと、さすがに私も黙らざるを得ませんでした。

その日の夜、仕事から帰ってきた父に、私はそのことを報告しました。母がお風呂に入っている、わずかな隙にです。

「それは奇妙な話だな」

私の話を聞いた父は、いつかのおばちゃまと同じように、眉をひそめて首を捻りました。

「お医者さんは、もうどこにも問題はないと言っているよ」

もしかしたら頭に怪我をしたことで、何らかの変調をきたしているのかもしれない……と言った私に、父はそう答えました。怒った時の母の顔が、まるで獣のように恐ろしいということも、私は付け加えました。

「なるほど、睦美の言うことはわかった。確かに折を見て、もう一度お医者さんに見てもらった方がいいかもしれないね。でも、ハッキリしたことがわかるまで、あまり怒らせたりしない方がいい……だから睦美も、とりあえず母さんの言うとおりにしておきなさい」

父が出した結論は意外でした。父ならば、少し雰囲気のおかしい母さえも抑えられると思っていたのですが――言うとおりにしろ、だなんて。

（それじゃあ、おばちゃまに会えなくなっちゃう）

歩いて十分もかからないところに住んでいるのに。おばちゃまなのに。仲良しなのに。大好きなのに――それでも会ってはいけないだなんて、あまりに理不尽だと私は思いました。

しかも、理由らしい理由がないのです。それでも「会うな」と言われれば、従わなければいけないのですから、子供は本当に弱い立場の生き物です。

結局、私は自分からは、おばちゃまに会うことができなくなりました。

寂しかったのは、おばちゃまの方も私の家にこなくなったことです。

以前は、私の送り迎えも含めれば毎日のように顔を出していたのに、それこそぷっつりと姿を見せなくなりました。

（もしかしたら、本当に私が迷惑だったのかな）

ときどき私は勝手にいじけて、そんなふうに考えてしまうこともありましたが、おばちゃまが絶対にそんなことはない、と言って私を抱きしめてくれたのを思い出すと、その嫌な思いつきを、どうにか消すことができました。おばちゃまに限って、そんな二枚舌じみたことを言うはずがないと、信じていたのです。

そうなると考えられるのは、母がおばちゃまに、家に来るのを禁じたのではないか……ということでした。もしかすると例の怖い顔で、よくわからない言い分を押し付けたのかもしれません。

実際、事故から三ヶ月ほど経った頃の母は、常軌を逸していた部分がありました。結局デパートのパートタイムには復職せず、ずっと家で過ごしていたのですが、時折夕飯の支度をしている時など、誰に向けるでもない悪口を一人で呟いている時があったのです。

「ふざけやがって」

「人をバカにして」

「何でも思いどおりになると思うなよ」

包丁で大根なんかを切りながら、そんなことをブッブッと口の中で繰り返しているのですから、恐ろしくないわけがありません。そんな脈絡のない呪詛《じゅそ》の言葉を耳にするたびに、私は体中に鳥肌が立つのを感じていました。とにかく、早く父が母をお医者さんに連れて行ってくれればいい……と、毎日祈るような気持ちでいたのです。

その母が劇的に復調したのは、次の年の春のことです。

私が二年生の終業式を終えて家に帰ってくると、母は妙に上機嫌でした。それほど良くもない成績の通知表を笑顔で眺め、図工の時間に作ったボール紙の工作を褒めちぎり、硬筆習字（いわゆる『かきかた』です）で花丸をもらったものを、部屋の壁に嬉しそうに貼ったりしていました。

正直なところ、その極端な変わり方に不気味なものを感じないではなかったのですが、かつてのピリピリした雰囲気を思えば、歓迎すべき事態であることには違いありませんでした。

「通信簿がよかったから、ご褒美よ」

やけに浮かれている母は、ついにはサイフから百円硬貨を二枚取り出して、私の掌に載せました。事故に遭う前でも、滅多にお小遣いなどくれる人ではありませんでしたから、私は嬉しさよりも困惑が先に立ってしまったものです。

少し怖い気がして、私は早々に遊びに出ました。

（おばちゃま、どうしてるかな）

近所の路地を歩きながら、ふと、おばちゃまの笑顔を思い出しました。

母に会うのを禁じられて以来、私はおばちゃまの顔をほとんど見ていませんでした。年末、葉山の実家に帰る道すがら家に挨拶に来て、その時に言葉を交わしたのが最後です。

子供というのは逞《たくま》しいもので――おばちゃまに会うのを禁じられた当初は、私も突然一人ぼっちになってしまったような寂しさを感じていたものです。けれど、それを埋め合わせるように学校の友だちと遊ぶ時間を増やしていくと、寂しさは次第に薄れていきました。結果的に、「子供だから、子供と遊ぶように」と言った母の言葉は、間違ってはいなかったのだと思います。

けれど、その日――私は久しぶりにおばちゃまの部屋を訪ねてみようと思いました。もちろん母から出された禁令が解かれていたわけではありませんが、その日のご機嫌ぶりを見る限り、万一ばれても、そんなに怒られずに済むような気がしたのです。

それでも私は人目を忍ぶようにして、おばちゃまのアパートに続く道を歩きました。やがて懐かしい建物が見えてきて、私は二階のおばちゃまの部屋の窓に目を向けました。けれど――その部屋には、見覚えのあるオレンジ色のカーテンがかかっていなかったのです。

（えっ……まさか）

私は胸騒ぎのようなものを感じながら入り口から中に入り、靴を脱いで二階まで一息に駆け上がりました。そしておばちゃまの部屋の前まで来ると、二度三度ノックしてから、その引き戸を勢いよく左に滑らせました。

私の予感したとおり――その部屋の荷物はすべてなくなっていて、きれいに拭かれた畳表が、窓から差し込んでいる日の光を鈍く照り返しているばかりでした。

（そんな……おばちゃま）

そう、私が物心つく頃から一緒だった明恵おばちゃまは、この日、何の挨拶も残さずに一人、葉山の実家に帰ってしまったのでした。異常なくらいの母の上機嫌は、このためだったのです。

（母さんとおばちゃまの間に、いったい何があったのだろう）

がらんとした部屋の中を見ながら、私はようやく、そこに考えが至りました。

いくら何でも親族が、こんな別れ方をするはずがありません。きっと、母とおばちゃまの間には、私の知らない何かがあったのです——何かおおっぴらにはできない、特別な事情が。

4

けれど、私にそれを知るチャンスは、なかなかやって来ませんでした。

時が流れ、中学生になった時に、正面切って母に尋ねたことがあるのですが、詳しいことは何も教えてもらえませんでした。ただ短く、こんな言葉を呟いたのみです――「あの子は世間に顔向けできなくなるようなことをした。だから姉妹の縁を切ったのよ」。

もちろん、それだけで納得がいくはずがありません。あの優しいおばちゃまが、いったい世間に顔向けできなくなるような、何をしたと言うのでしょうか。

私は葉山の家におばちゃまを訪ね、直接尋ねたいと思いましたが、母の手前、なかなか行きたいと言いだすことができませんでした。けれど時が経つにつれて、どうにも苦しい気持ちになり、とうとう中学二年の夏休みに、父にも母にも無断で葉山の祖父母の家を訪ねることにしたのです。おばちゃまは谷中のアパートを去って以来、結婚することもなく、ずっとその家に住んでいました。

「大きくなったわねぇ、ムッちゃん」

逗子の駅まで私を迎えに来てくれたおばちゃまは、開口一番に言いました。

ほぼ六年ぶりの再会ですが、私は十四歳になって背も伸び、おばちゃまと過ごしていた頃にくらべれば、それなりに女性らしくもなっていたと思います。

けれど、おばちゃまは、まだ三十四歳なのに、ずいぶん老けて見えました。豊かで艶《つや》やかだった髪がずいぶん抜け、肌もどこかくすんだ色になっています。

「やっぱりエンジンがポンコツだと、ガタが早く来ちゃうみたいよ」

おばちゃまは悲しくなるようなことを、さらりと言いました。けれど、優しい笑顔は少しも変わっておらず、それがなおさら言葉の悲しさを際立たせました。

「えぇっと、佑介ちゃんは元気？」

葉山方面に向かうバスに乗り込み、二人で並んで腰掛けてから、おばちゃまは尋ねました。

「うん、元気。元気すぎてうるさいよ」

「そう……いいわねぇ」

バスに揺られながら、おばちゃまは目を細めました。

佑介は、おばちゃまが谷中を去った次の年に生まれた弟です。私とは九歳も離れていますが、だからこそ可愛いと思える部分もありました。

その弟を自慢げに語る私を見て、おばちゃまはポツリと言いました。

「私も会ってみたいなぁ」

そう、おばちゃまは、佑介と会ったことがありませんでした。生まれた時に祖父母が病院まで来たのですが、その際、おばちゃまを同行してくることを母が頑なに拒んだのです。姉妹の縁を切ったのだから絶対に来るなと、凄まじい剣幕でした。

けれど――さすがに、大人気《おとなげ》ないと思います。母がそんな態度を取れば取るほど、母とおばちゃまの間にある事情というものが、私には気になりました。

十四歳になっていた私は、その頃もまだ大人とは言えない年でしたけれど、さすがに八歳の頃よりは世の中を理解したつもりになっていました。ですから、母のおばちゃまに対する諸々の態度を考え合わせて、もしかしたら……という程度の、自分なりの推論を持っていたのです。

やがてバスを降りて祖父母の家に着き、私は温かく迎えられました。

みんなは私が持参してきた佑介の写真を回し見したり、私の将来の夢の話をして一時を過ごしました。久しぶりにおばちゃまの作った料理に舌鼓を打ち、私は谷中でのおばちゃまとの思い出を、多少誇張気味に祖父母に話して笑いを取りました。

その夜こそ、私とおばちゃまが共に過ごした最後の夜だったのですが——後で父と母に叱られることにはなっても、やはり会いに来てよかった、と思ったものです。

その日の夜、私は再び湯呑の中の月を見ました。

再会できたのが嬉しくて、私は頼んでおばちゃまの部屋に一緒に寝かせてもらうことにしました。葉山の家のおばちゃまの部屋は広く、ちゃんと二枚の布団を敷くスペースがありました。そこで私たちは枕を並べ、明かりを消した後も、夜がふけるまでおしゃべりを楽しんでいたのです。

「そう言えば、おばちゃま……母さんが交通事故に遭った日の夜、湯呑の中にお月さまを入れて飲んだわね」

「ふふふ、そんなことも、あったわねぇ」

暗くした部屋の中で、おばちゃまは静かに笑いました。祖父母の家は海に程近く、言葉を交わす間にも、ずっと波の音が聞こえています。

「あれ、面白かったな……また、やってみたい」

「じゃあ、やってみる？」

そう言いながらおばちゃまは、そっと起き上がりました。

「水を汲んでくるから、待っててね」

おばちゃまが台所に行っている間、私は部屋のカーテンとサッシ窓を開けました。潮の香りの強い風が流れ込んできて、波の音がいっそう大きくなります。

外に身を乗り出してみると、月は出てはいましたが、ちょうど母屋の屋根に隠れてしまいそうな位置にあって、湯呑の中に招き入れるのは少しばかり技が要りそうだ……と私は思いました。

「おまたせ、ムッちゃん」

やがて二つの湯呑を載せたお盆を持って、おばちゃまが戻ってきました。さっそく片方を取ろうと手を伸ばして、私は思わず声をあげてしまいました。なぜなら片方の湯呑は、私が昔、おばちゃまの部屋で使っていた『トッポ・ジージョ』のマンガ入りの子供用湯呑だったからです。

「おばちゃま……これ、捨ててなかったんだ」

「捨てられるわけがないでしょう」

外からの薄い月明かりを受けて、おばちゃまは昔どおりの顔で笑いました。そう、おばちゃまは、そういう人です。優しくて——とてもとても情の深い人。

「さぁ、お月さまをつかまえましょう」

おばちゃまのその言葉を合図に、私たちは部屋に差し込んでくる光の果てにある月を、小さな湯呑の中に招きいれようと、腕をいろいろな角度に曲げたり伸ばしたりを繰り返しました。

「今日のお月さまは、まだ高くないから難しいわね。うちの屋根に隠れてしまいそうだし」

楽しいゲームをしているように、おばちゃまは弾んだ声で言いました。私も負けじと湯呑を動かしたのですが、確かに月はまだ低く、いつかのようにすんなりと入ってくれませんでした。

（つかまえた！）

五分ほど努力をした頃でしょうか。

私のトッポ・ジージョの湯呑の中に、不意に小さな丸い光が浮かび上がりました。私は喜び勇んで、おばちゃまに報告しようとしたのですが――その寸前に気づいたのです。

（これって……お月さまかしら）

その時、私が立っていたのは部屋の窓辺ではありましたが、ともすれば月の光が遮られてしまいそうな隅の方でした。いえ、はっきり言うと、私が立っていた場所には、足元のところまでしか月の光が届いていなかったのです。

けれど私が胸の高さに持っている湯呑の中には、明らかに丸い光が映っています。そっと揺らすと水と一緒にふるふると揺れるので、〝映っている〟のは間違いありません。

けれど天井を見ても、月の光を跳ね返すようなものもなければ、別の光源があるわけでもありませんでした。電灯はもとより、豆電球さえ消えています。

(何の光なの……これは)

その小さな光をじっと見ていると――その中に一瞬だけ、小さな桃色の唇のようなものが映りこむのが、はっきりと見えました。それも大人のものではなく、少し緩んだ小さな唇……明らかに赤ちゃんの唇です。

そうだと気がついた時、私は思わず湯呑をつかんでいた手を離してしまいました。湯呑はそのまま畳の上に落ちて、水があたりに飛び散ります。

「あらあら、ムッちゃんは相変わらず、そそっかしいのねぇ」

おばちゃまは笑いながら、その湯呑を拾い上げようとしました。

「おばちゃま、教えて」

私は謝ることも忘れて、尋ねてしまいました。

「六年前に、母さんと何があったの？　もしかして、父さんとおばちゃまは」

「ムッちゃん」

私の言葉を遮るように、今まで聞いたことのないような強い口調で、おばちゃまは言いました。

「別に何もなかったわよ」

湯呑を拾い上げ、それを手の中で弄《もてあそ》びながら答えます。

「もし何かあったのだとしても、それはムッちゃんには関係のないこと……ムッちゃんは知らなくっていいことなのよ」

そう言っておばちゃまは、逆光の月明かりの中で微笑みましたが——泣いているようにも見えました。

おばちゃまが朝の砂浜を散歩中にひどい発作を起こし、そのまま世を去ってしまったのは、その六年後の秋のことです。享年四十で、未婚のままでした。

姉妹の縁を切ったはずなのに、訃報に接した母は人目もはばからず泣きました。その時、まるで自分に言い聞かせるように、「明恵、あんたが悪いんだからね」と繰り返していたのが、私の耳の奥に残っています。

葬儀は逗子の斎場で執り行いました。

秋晴れの穏やかな日曜日で、周囲には背の高い建物がないため、空がどこまでも広く見えました。参列者の少ない静かな葬儀でしたが、その穏やかさがおばちゃまらしくもありました。

告別式の後、斎場の広間で火葬が終わるのを待っている間、泣き疲れた母が私のところに来て、昔の出来事を話して聞かせました。おばちゃまは知らなくてもいいと言ったことを、母は懺悔《ざんげ》のつもりなのか、あるいは自分が背負った荷物の重みを私にも分け与えようというのか、問わず語りに話しだしたのです。

大方は、私が想像していたのと同じようなものでした――いつの頃からだったのでしょう、私の父とおばちゃまは、道ならぬ間柄になっていたのです。

「初めは同情からだったとかなんとか、言っていたけどね……あの子は子供の頃からそうなのよ。黙っていても、まわりの人が勝手に気を使ってくれるの。親にも、すごく大事にされていたし」

その時、父は広間のはずれで親類とビールを飲みながら、何ごとか熱心に語り合っていました。その赤らんだ顔と葬儀の席には不似合いな身振り手振りが、私の神経を逆撫《さかな》でしました。まさか過去の自分の悪行が話題になっているとは、思ってもいないようです。

「交通事故に遭って入院している時に気づいたんだけど……その時は、さすがにまともな神経じゃいられなかったわ。私はしばらく意識を取り戻さなかったらしいけど、その間に二人がどんなことを考えていたかと思うと、もう腹が立って」

父の気持ちは私の考えの及ぶところではありませんが——少なくとも、おばちゃまは母の回復を真剣に祈っていたはずです。そうでなければ湯呑の中のお月さまにお願いすることなんて、思いつくはずがありません。

「しかも、あの子……赤ちゃんができたのよ。体が弱いくせに、そういうところは普通なんだからイヤになっちゃうわ」

母は吐き捨てるように言いました。

「一人でも産んで育てるとか、ふざけたこと言ってたんだけどね……さすがにそれは困るって、始末させたのよ」

始末——できれば実の母の口からは、聞きたくない言葉でした。

「別に父さんをくれって言うんじゃないなら、そうさせてあげればよかったのに」

私は心に棘を刺されたような気持ちで言いました。おばちゃまは、あんなにも情の深い人でしたから——そうすることを決断した時は、どれほど辛かったでしょうか。

「何言ってんの」

私の言葉に、母は目を剝いて、同じ言葉を二回繰り返しました。

「あんたがいたからでしょうが……あんたがいたからでしょうが」

思わず私は固く目をつぶりました。

あの夜、湯呑の中に浮かんだ小さな光——その中に、確かに赤ちゃんの唇のようなものが浮かんでいたのを、私は見ました。見間違いでなければ、あれはもしかしたら、私の母親違いの弟か妹だったのでしょうか。

思えば、湯呑の中に浮かんだ月よりも、何倍も何十倍も儚《はかな》い光でした。

「母さん……どうして、私にそんなことを話すの」

話が一通り終わったところで、私は詰《なじ》るような気持ちで母に尋ねました。

きっとおばちゃまは、私がこの事実を知って後ろめたさを感じたり、苦しむのがいやだったのでしょう。だからこそ、何も話さずに逝ってしまう方を選んでくれたのに。

「だって……みんな、あの子のことばかりチヤホヤして……おじいちゃんも、おばあちゃんも、父さんも、あんたも、いっつも明恵、明恵って……私だって、好きであの子の姉さんになったんじゃないのよ」

母は強い口調で言うと、そのまま厚い掌で顔を覆って泣きました。

その悲鳴のような言葉が、私の問いかけへの答えになっているとも思えませんが——肩を震わせて泣く姿を見た時、私は生まれて初めて、母が悲しいくらいに小さく、誰より愛しく思えたのです。

花、散ったあと

つつじの頃は、何かと難しい。

晴れていても肌寒い日があれば、太陽が雲に隠れているのに暑い日もあって、長袖にするか半袖にするか、上着を着ていくか否か、どうにも判断に苦しむ。天気もはっきりしない日が多く、傘を持って出た方がいいのか、それとも手ぶらで逃げ切れるのか、玄関先で空を見上げて悩むこともしばしばだ。

今日は判断を誤った。家を出る時は、今にも降り出しそうな雲行きで気温も低かったのに――小一時間ほど電車に乗っている間に空は晴れ渡り、とたんに黒いコウモリ傘と上着は手をふさぐ荷物になってしまった。これだから、つつじの頃は。

最寄り駅から歩いて病院の前にたどり着いた時、私はほんのりと額に汗をかいていた。入り口近くに置いてある灰皿のまわりで何人かの入院患者が煙草を吸っていて、つい反射的に貴明の姿を探したが、例のアヒルのような顔は見当たらなかった。少し遅れて、かなり前に煙草はやめた……と言っていたのを思い出す。

(ずいぶん古い病院だな)

そう思いながらガラス扉の玄関をくぐると、もう一つ扉があった。自動だが年代物らしく、途中で何かに引っかかったような動きをして、ギギッと妙な音を立てた後で開く。レールに異物でも挟まっているのかもしれないが、たったそれだけのことで、この病院に対する信頼が揺らぐような気がした。

（入院するなら、もっとマシなところにすればいいのに）

そう思いながらロビーに入ると、思いがけず多くの患者が診察を待っていた。もしかすると評判はいいのかもしれないとも思ったが、土地柄か、その大半は老人だった。

確か三〇二号室にいると貴明が言っていたのを思い出し、私はエレベーターを使って三階に昇った。ストレッチャーに寝かせたままの患者を乗せられるよう、やたらと奥行きのあるエレベーターだが、スイッチはボタンの出っ張った懐かしいタイプのものだった。四方はステンレス張りで、箱の中はヒンヤリとした冷気に満ちているような気がする。

　三階に着き、表示に従って二号室に行くと、部屋の入り口に貴明の名前は表示されていなかった。通りかかった肉感的な看護師さんに尋ねると、彼女は忙しそうに早足で歩きながら、廊下の突き当たりにある六号室に私を案内してくれた。風を通すためか、部屋の扉は開け放たれていて、ベッドサイドに吊られたカーテンが揺れているのが見える。

　覗きこむと十畳くらいの部屋の真ん中にベッドがあり、白っぽいパジャマを着ている貴明が体を起こしているのが逆光に浮かんでいた。昼の退屈そうなテレビの音がしていたが、彼は画面にそっぽを向いて窓の方を見ている。

「貴明」

私が声をかけると彼はハッとして顔を向けたが、やはり逆光で表情はよくわからなかった。

「よう、シンちゃん……来てくれたんだ。バッカでぇ、こんな天気いいのに傘持ってやんの」

「来いって電話してきたのは、お前だろうが……傘はほっとけ」

部屋の中に彼以外の人間がいないのを確かめて、私は砕けた口調で言った。小学校からの付き合いの彼と話す時は、いつでも子供に返る。

「個室に入ったって聞いてなかったから、最初に二号室に行っちゃったただろうが」

私はわざとぞんざいに、持ってきた見舞いの品を彼のベッドの足元に置いた。頼まれていたとおり、有名洋菓子店のクッキーの詰め合わせ——胃を切った彼に食べ物は禁物だが、子供たちが喜ぶからとリクエストされたのだ。

「実は隣のベッドのヤツが、すごいイビキでさぁ……看護師さんにとても眠れないって言ったら、ここが空いてるからって変えてくれたんだ。もちろん差額ナシで」

「そりゃ得したな。そんなにすごいイビキなのか」

「そりゃあ、すげぇよ。ガラスがビリビリ震えるくらいなんだぜ」

「ははは、ウソつけ、この野郎。まったく……相変わらずだな」

笑いながらベッドサイドの椅子に腰を降ろしたが——正直なところ、私はその時点で、言いようのない不安を感じ始めていた。声はいつもの宮本貴明そのものだったけれど、顔の肉はげっそりと落ち、眉や髪が薄くなって、別人のような面差しになっていたからだ。こんなに痩せた彼を、今までに一度も見たことがない。

彼から連絡を受けたのは、一週間前の夜だった。便りのないのはよい便りとばかり、私たちは一年以上も音沙汰なしでいたが、久しぶりに彼が電話してきたのだ。

「実は潰瘍になっちまってさ……胃を切ったんだよ」

その時の彼の声は明るく力に満ちていて、微塵の深刻さも感じられなかった。むしろ四十代も半ばを過ぎれば誰でもやることだというような、気楽な口調だった。

「退屈だから、見舞いに来てくれよ。荒川の××病院の三〇二号だ。

当たり前だけど、手ぶらで来るんじゃねぇぞ」

相変わらず私の都合を聞くこともなく、彼は一方的に見舞い品のリクエストをして電話を切った。私は受話器を持ったまま苦笑したが、やはり兄弟同然（そう、三十五年以上も付き合った幼なじみは、兄弟も同じだ）の彼が入院したと聞いては、無視するわけにもいかなかった。けれど仕事の都合が許さず、実際に訪れることが今日までできなかったのだ。

電話の際に彼自身がした説明を信じ込んで、私は能天気にもたいした病状ではないと思っていたが――実際に痩せ細った姿を目にすると、もしかすると、またやられたかもしれない……と思わざるを得なかった。そう、彼はいつも平気でウソをつく。

「お前さ……電話じゃたいしたことないって言ってたけど、もしかすると、けっこうヤバいんじゃないのか」

各々の家族の話や共通の友人の話をした後、やがて正面切って尋ねた。そういうことができるのも、兄弟同然の仲だからだ。

「いや、本当にたいしたことはないんだよ……たぶん、もうすぐ退院できる」

「あぁ、そうなのか」

貴明の言葉に私は答えたけれど——彼の手の甲に浮かび上がっている血管を見ると、やはり痩せ過ぎている気がした。入院したのは三週間ほど前だと聞いたが、そんな短期間に、ここまで肉が落ちてしまうものだろうか。

「念のために言っとくけど、俺とお前の間で水臭いことはナシだからな」

私が語気を強めて言うと、彼はしばらく黙り込んだ後、やがて頭を掻きながら白状した。

「やれやれ、シンちゃんにはかなわねぇなぁ」

やはり私が思ったとおり——彼は深刻な癌に冒されていて、すでに何箇所かに転移しているらしかった。大部屋から個室病室に移されたのも、本当は治療の必要のためだという。隣の患者のイビキ云々というのは、彼一流のウソだった。

「何で、そんな大事なことを黙ってるんだよ、お前は」

「心配かけたくなかったんだよ。だってシンちゃん、体はでっかいくせに気は小さいだろう……俺のことを心配してたら、シンちゃんの方が病気になっちまう」

「余計なお世話だ、この野郎」

動揺を悟られたくなくて、わざと荒っぽい口調で言ったが、途中で声が裏返るのが自分でもわかった。

「で、どうなんだよ？　医者は何て言ってるんだ？」

「それが暗い展望ばかりじゃないんだよ。転移したところを丁寧に取っていけば、十分希望があるんだって」

「そうか」

うなずきながら、またウソかもしれない……と思った。何せ彼の小学校の頃のアダ名は『フカシマン』――やたらとウソをつくことで有名だったのだ。それもまったく必要のないウソや、すぐにバレるようなウソを。

けれど私は、そのウソを暴こうとは思わなかった。むしろ、そのウソにすがりたい気持ちの方が強かったからだ。こういうところが、気が小さいと言われる所以《ゆえん》なのだろう。

「まぁ、四十六年も生きてれば、いろんなことがあるよねぇ」

ベッドの上で背伸びしながら、まるで他人事のような口調で貴明は言った。こういうタフなところは嫌いじゃない。

「呑気な調子で言ってるんじゃないよ。お前、浩子さんとか大輝くんたちのためにも、しっかり治さないとダメだろうが」

浩子さんは貴明の五つ年下の奥さんで、大輝くんは中学に入ったばかりの長男だ。その下にもう一人、恵梨香という小学生の女の子がいるが、貴明の影響を色濃く受けたのか、みんな明るくて鷹揚な性格をしている。

「そうだ、大事なことを忘れてた……今話したこと、家族には内緒にしててくれよな」

私の言葉に、貴明は思い出したように言った。

「もしかして知らないのか？　浩子さんたち」

確かに貴明の性格を考えると、家族に余計な心配をかけまいと、本当のことを隠している可能性がないでもなかった。一人で全部背負い込んでしまうのは、彼の昔からの得意技だが――けれど、これだけ面変わりするほど痩せていれば、いくらおっとりした浩子さんでも、おかしいと感じていないはずはない。

「それが、面白いんだよ……その逆なんだ」

私の質問に貴明は身を乗り出して、目をキラキラさせて答えた。

「逆って、どういうことだよ」

「浩子たちは、俺の病気のことをちゃんと知ってるよ。でも……俺が知らないと思ってるんだ」

おそらく初めに病気がわかった時、医者は妻の浩子さんに話したのだろう。そこで本人に告知するべきかどうかの相談がなされたようなのだが――どうやら浩子さんは、貴明に告知しない道を選んだらしいのだ。もちろん彼女なりに、夫を思っての決断なのだろう。

「じゃあ、どうしてお前は知ってるんだ？」

ほんの少し前に医者の見解を教えてくれたくらいなのだから、ちゃんと医者とも話をしているのだろうに。

「誰とは言えないんだけど、ちゃんと聞いたんだよ……世の中には、いろんな抜け道があるもんだからな」

何だかわかったような、わからないようなことを貴明は言った。つまり医者か看護師の誰かが、家族に内緒で本人に漏らしてしまった……ということだろうか。

(何てヤツだ)

その未知の人物に対して、私は強い怒りを感じた。おそらくは関係者だろうが、彼らには職務上の守秘義務があるはずだ。貴明に頼み込まれたのかもしれないが、そんな大切なことを筒抜けにしてしまうなんて。

「シンちゃん、そんな顔するなよ。そのおかげで、俺はすごく幸せなんだから」

私が黙り込んでいると、機嫌を取るような口調で貴明は言った。

「知らん振りして見ているとさ、みんなが俺にバラさないように一生懸命になってくれているのが、よくわかるんだよ。全部ぶちまけた方が絶対に楽なのにな……あぁ、こんなに俺のことを考えてくれているんだって、つくづく感じるんだよ。まぁ、悪いって言えば悪いんだけどさ」

そう言われてしまうと、私には返す言葉がなかった。彼が、けして恵まれていたとは言い難い家庭に育ったのを知っているだけに。

「どうせなら俺、このまま騙されていようと思うんだ。だからシンちゃんも浩子たちには、俺が知ってるって言わないでくれよな」

そんな重要な約束をするのは御免こうむりたかったが、断れる状況でもなかった。本当にいつも、面倒ごとばかり持ってくるヤツだ。

「あぁ、わかったよ……でも、なるべく早いうちに、本当のことを浩子さんに言った方がいいぞ。きっと、すごいストレスになってるはずだからな」

「うん……それはわかってる」

そう言って貴明は、ほんのりと無精髭の伸びた頬を撫でて笑ったが
――その笑顔を見た時、私は何の脈絡もなく、もしかすると彼と会うのは、これが最後かもしれない……という気がした。

「お前、絶対治せよ。俺たち、まだ四十六だろう？　これから面白いことがいっぱいあるんだからよ」

私が言うと彼は笑いながら、親指をぐっと突き立てた。

＊

思えば私と貴明の関係は、愛情を込めて〝腐れ縁〟と呼ぶにふさわしい。

私は小学校二年の時、他県から足立区の都営住宅に移ったのだが、越してきた翌日、近くの公園で話しかけてきたアヒルのような顔をした少年が、貴明だった。

「君、昨日越してきた子？　俺、同じ号棟の二階に住んでるんだ。よろしくな」

その頃から彼は開けっぴろげな性格で、やたらと喋るのが好きなヤツだった。見ず知らずの土地へ来て心細かった私にすれば、ありがたい存在である。

「じゃあ友だちになった印に、面白いところを教えてあげるよ……この間、飛び降り自殺があったマンション」

そんなものの何が面白いと聞かれても困るが、私はけっこう喜んで彼の自転車の後ろに乗り、そのマンションに出かけたものだ。子供というのは、たいてい猟奇趣味である。

「ほら、ここだよ……ここの十三階から、女の人が飛び降りたんだ」

そこは当時としては珍しい高層マンションだったが、彼に案内されるままに裏手に回ってみると、建物に接した自転車置き場の一角に、本当に花束が置いてあった。

「実は俺、現場を見ちゃったんだよね」

その花束を見ながら、貴明は小さな声で言った。

「四十歳くらいのおばさんが飛び降りたんだけど、その人、足から落っこちてさ。両方の腿から折れた骨が飛び出てたのに、百メートルくらい歩いて、自分で救急車を呼んだんだぜ……すごく痛そうにしてた」

想像するだけで気が遠くなりそうな光景だが、貴明が迫真の演技でその様子を再現して見せるものだから、怖さは何倍にも膨れ上がった。

思えば自殺現場で死んだ人間の物真似をするなんてバカとしか思えな

いが、貴明はそういうヤツなのだ。

その時、近くに止めてあったサイクリング車が、いきなり倒れた。片側にしかスタンドのないタイプなので倒れやすいのだろうが、そのタイミングがあまりに良すぎて、私には霊魂からの抗議だとしか思えなかった。

思わず悲鳴を上げて走りだすと、貴明も泣きそうな顔で後を追いかけてきた。さらには近くにあった三輪車に足を取られて転び、彼は膝と肘から派手に流血するという大惨事だ。

あれは絶対に呪われたのだ——私はそう信じていたが、後になってから、彼の話がかなり怪しいとわかった。私は彼から聞いた話を二つ年上の姉にしたのだが、やはり新しくできた友だちに姉が確かめてみたところ、飛び降りたのは若い男性で、ほとんど出血もなかったというのだ。

「俺は、そういうふうに聞いたんだけどなぁ」

私が真偽を質すと、貴明の主張は簡単に揺らいだ。現場を見たと言っていたのは、いったい何なんだ。

結局、この件はうやむやになったが——良く言えばホラ吹き、悪く言えば虚言癖の傾向が彼にあることに気づくのに、大した時間はかからなかった。

本当に彼は、つく必要のないウソを、わざわざつくのである。

学校の帰りに巨大な葉巻型の母船ＵＦＯと、そこから飛び出す小型ＵＦＯを見たとか。

親戚のお兄さんが、はっきりとツチノコの写った写真を持っているとか。

お父さんと富士山に登った時、本物の『マジンガーZ』が歩いているのを見たとか。

なかなか巧妙で、つい信じたくなるものもあったが、たいていはすぐにウソとわかるものだった。最初のうちは私も信じようとしたけれど（友だちを疑うのは、よくないことだろう？）、やがては初めから冗談と割り切って聞くようになった。けれど、そういう割り切りができない友だちからはウソつき呼ばわりされ、とうとう彼は『フカシマン』というありがたくないアダ名までつけられてしまった。それでもウソをやめないから、一時はクラスの中で除《の》け者《もの》扱いされていたこともある。

「お前さ、何でウソなんかつくわけ？　ウソはよくないって、先生も言ってただろ？」

そんなふうに一度、尋ねてみたことがある。初めのうちは貴明も「ウソなんか、ついたことないよ」とか、「シンちゃんだけは信じてくれ」だのと往生際の悪いことを言っていたけれど、とうとうポツリと白状した。

「だってよ……その方が面白いじゃん」

それは確かにそのとおりで、葉巻型ＵＦＯもツチノコもマジンガーＺも、実在した方が面白いに決まっている。本物のマジンガーＺがガシンガシンと歩いているところを私だって見たいと思うが、やはり、それを「実際に見た」と言ってしまうのは問題があるだろう。

「どうして貴明って、すぐにウソつくのかな」

何かの折、私は母に尋ねてみたことがある。

「このままじゃ、あいつ、誰からも信用されなくなっちゃうよ」

「そうだねぇ」

確か夕食の片付けをしながら、母は答えてくれた。

「やっぱり貴明君、寂しいのかもしれないね」

その時初めて彼の母が、彼が幼い頃に蒸発してしまったことを教えられた。確かに同じ号棟に住んでいながら、ただの一度も彼の母の姿を見たことがないのを不思議に感じてはいたが――何となく聞きづらくて、彼に尋ねたことは一度もなかったのだ。私の母は住宅内の主婦のネットワークで、ずいぶん前から知っていたらしい。

「蒸発したって、どういうこと？」

「よくはわからないけど……別の男の人と、どこかに逃げちゃったみたいよ」

母も口が軽いとは思うが、むしろ、それにまったく気づかずに彼に接してきた自分が、ずいぶん間抜けなように思えた。いつも明るい彼を見ている限り、そんな悲しい事情を背負っているようには、まったく思えなかったからだ。

もちろん母親が蒸発したからといって、ウソをついていいことにはならない。

けれど十歳前後の少年にとって、母親が自分を捨てていったという事実が辛くないはずがなかろう。だから少しでも楽しい気分になれるなら、人を貶めるためのものでない限り、ホラだろうがウソだろうが、大目に見てやってもいいのではないだろうか。

それ以来、私は貴明がどんな突拍子のないことを言いだしても、笑って聞き流すことにした。いや、むしろ面白がって、こちらから質問して話を広げるようなこともあったくらいだ。

だから私の知る限り、彼は普通ではできない体験を山のようにしている。

小さい頃、デパートの屋上から落ちたけれど、一階の入り口にあるビニールの日よけでトランポリンのように跳ね返って再び屋上に戻ったこともあれば、銀座を歩いていたら山口百恵とばったり会い、できたばかりのマクドナルドでハンバーガーを奢《おご》ってもらったこともあるらしい。また、駅前で拾ったサイフの中に五百万円入っていたので警察に届けたのに、落とし主がケチでお礼をくれなかったことや、自転車で環七を渡ろうとした時に信号無視のトラックが突っ込んできて、『仮面ライダー』ばりに自転車ごとジャンプして助かったこともあるのだ。

当然、どれも本当のはずはないが――きっと彼も、いつも笑って聞いていた私には、思いつくままに平気でウソがつけたのだろう。

だから小学校時代から大人になるまで、私はさんざんに彼の妄想のような話に付き合ったのだが、その彼がただ一度、「これだけはウソだと思われたくない……だから、シンちゃんにも話さないようにするよ」と言ったことがある。

その時は特に気にも留めずにいたのだが、やつれた貴明と話しているうちに、私はふとそのことを思い出した。

「なぁ、お前さ……昔、そんなことを言ってたことがあったよな」

私が尋ねると、貴明は笑ってうなずいた。

「うん、確かに言ったよ。いつもみたいに話したら、シンちゃんは絶対にウソだと思うに決まってるからさ。何か、もったいない気がして」

「それって、いつの話だったたっけ？」

「俺が宮ノ前のシンちゃんのアパートに転がり込んでた時だから、二十一歳の頃かな。そうかぁ、もう二十五年も経つんだ」

貴明はベッドに横たわり、天井を見ながら目を細めた。

「それって、どんな話なんだよ」

「へへへ、それは秘密。やっぱり、これだけはウソだって思われたくねぇからさ」

いつもなら、それ以上の追及はせずに違う話題に移ったりするのだが、なぜだか今日は、ちゃんと聞いておいた方がいいような気がした。

『フカシマン』の異名を取った彼が、絶対にウソだと思われたくないと感じている思い出――それを親友の私が知っておいてやらないで、どうするのだ。

「絶対にウソだって思わないからさ。いい加減、教えろよ」

「そうだなぁ……確かに話しておいた方がいいかな。だって、トッカンババァを知ってるのはシンちゃんだけだし」

「トッカンババァ！」

思いがけない単語が飛び出てきて、つい私は大きな声を出してしまった。トッカンババァ――懐かしくもあり、思い出したくなかったようでもあり。

「何か……その名前が出てきただけで、どうでもいい気分になってきたな」

「まぁ、聞けよ、シンちゃん」

話し渋っていたはずの貴明は、わざわざ身を起こして言った。

＊

その一時間ほど後、私は都電の駅に向かっていた。

貴明の話を聞いて、かつて学生時代を過ごした町を訪ねたくなったからである。そこは彼が入院している病院から、そう遠くはない。

そもそも、この界隈に住んだのは、貴明よりも私の方が先だった。大学に入ったのを契機に、どうしても一人暮らしがしたくて、安いアパートを見つけて移り住んだのである。自宅からも十分に通学は可能だったが、十代後半の男なんて、家を出たくてウズウズしているものだ。

その頃、貴明は上野にあるレストランで働いていたが、ちょっとした事情があって二十一歳の一時期、私のアパートに転がり込んできたことがあった。十ヶ月ほどの同居生活だったが、彼はこの町の雰囲気が気に入って、やがては自分でも近くにアパートを借りた。その後、就職して私は別の町に移ったが、彼は時に応じて居を移しながら、この界隈に住み続けていたのである。

私は町屋駅前から都電に乗り、宮ノ前という駅で降りた。ここから商店街の方に少し歩いたところに、私が学生の頃に住んでいたアパートがある。

この界隈を選んだことに、特に大きな理由はない。単に情報誌で見つけたからだが、今にして思えば、なかなか当たりだったと思う。学校には都電で安く行けたし、ＪＲ田端駅も利用できる。幸いかからずに済んだが女子医大病院が近くて、万一の時も安心だ。また何より――昔のままの狭い路地が続く町並みが、私の好みにぴったりと合っていた。

聞くところによると昭和の初め頃は近くのお寺から温泉が出ていて、そのために周囲はかなり賑わっていたそうだ。いわゆる〝三業地〟というやつで、有名な『阿部定事件』が起こったのも近くらしい。やがてお寺の温泉が涸れてしまったことで寂《さび》れたそうだが、私が住んだ昭和五十年代後半には、その賑わいの名残はすでになかった。どちらかというと下町の住宅街という趣で、静かで落ち着いていたという印象の方が強い。

(あぁ、久しぶりだな)

訪れるのは二十余年ぶりだが、記憶を頼りに路地を歩くと、やはり、そこかしこに時の流れを感じた。大きな変化はないようにも見えるが、細かなところが変化しているのだ。よく通ったラーメン屋は廃業し、いつもビールを買っていた酒屋は営業こそしていたものの、棚に商品はほとんど並んでいなかった。空き地だった場所には小ぶりなマンションが建ち、いくつかあった町工場は、やはり住宅に変わっていた。

やがて私が住んでいたアパートがあった場所にたどり着いたが、そこも個人の大きな住宅に変わっていた。それとて真新しいわけでもなく、おそらく私がこの町を出てから数年もしないうちに、あのアパートは取り壊されたのだろう。二階建ての小さな建物だったが、あの頃からすでに外壁のコンクリートはひび割れていたし、外付けの鉄階段は錆だらけだった。

あえて名残を探すとすれば、路地の前にあるコンクリート電柱――

昔はここがゴミの集積場になっていて、トッカンババァの部屋の荷物を出した時、私と貴明は何度もアパートと電柱の間を往復したものだ。特に理由はないが、一つ荷物を運ぶたびに、その電柱に張ってあった某政党のポスターの政治家の顔にパンチを入れる、というムダな遊びをしていたのを覚えている。

「トッカンババァ……ねぇ」

私は電柱の横に立ち、その名を声に出して呟いてみた。その瞬間、あのしゃがれた声が、どこからか聞こえてくるような気がした。

私の部屋は二階の手前、一番階段寄りのところだったが、トッカンババァの部屋は突き当たりの奥の部屋だった。その二つに挟まれた部屋には、初めは私と同年代の学生が入っていたが、トッカンババァの騒々しさに負けて一年足らずで引っ越してしまった。その後、人の良さそうな中年男性が入居したが、その人も半年くらいで出て行ってしまったと記憶している。

トッカンババァは見た目は六十歳くらいで、ガリガリに痩せた女性である。おそらくは酒で潰れたのだろう、いつもノドに痰が引っかかったようなガラガラ声をしていて、貴明が初めてその声を聞いた時、「何かトッカンみたいな声だな」と言ったところから、そのアダ名がついたのだ。本名は覚えていないが、このアダ名ができてからは呼ぶ必要もなかったから、どうでもいいだろう。

ちなみにトッカンというのは、私たちが子供の頃に放送されていた外国製アニメの主人公である亀の名前だ。すでに正しいタイトルも詳しいストーリーも覚えていないが、騎士のような帽子をかぶってサーベルを携え、なぜかムクムクした犬を相棒にして旅をしていたと思う。体は小さいけれど勇敢で、サーベルを構えて「トッカーン、進めーっ！」と走りだすのが決めゼリフのようなものだった。このトッカンの声を当てていたのが、しゃがれ声の芸人さんだったのである。

アニメのトッカンは元気いっぱいの人気者だったが、その名を冠したトッカンババァは、狂気いっぱいの困り者だった。

ふだんは無口で気難しそうな女性に過ぎないのだが、突然夜中に叫びだし、部屋の中の物を引っくり返して暴れまわるのである。一人暮らしで家族もいないから制する人間もなく、それこそ半年に一度くらいはパトカーが駆けつけてくることもあった。

何かの病気だったのかも知れないが、深夜の二時くらいに暴れられた日には、本当に参ってしまう。もちろん苦情を捻じ込んだところで何にもならないから、たいていの場合は嵐が過ぎ去るのを待つしかない。一度、大切な試験の前の日にやられた時は、本当にロープで縛ってやろうか……と思ったほどだ。

トッカンババァは私が越してくる前から住んでいて、大家のおばさんの話によれば、入居して来た時は普通のおとなしい女性であったという。何かは知らないが勤めもしていて、狭いベランダに花の鉢をたくさん並べ、まめまめしく世話をしていたそうだ。私が入居する一年くらい前から少しずつおかしくなって、いつのまにか、あんなふうになってしまったらしい。

実際トッカンババァには、私もほとほと悩まされた。アルバイトに追われて部屋で過ごす時間が少なかったのと、すぐ隣というわけではなかったので我慢もできたが、金があったら、さっさとアパートを替わっていただろう。

そのアパートに貴明が転がり込んできたのは、私が大学三年に進級するのと、ほぼ同じ時期である。

先にも言ったように彼は上野のレストランで働いていて、どうしても朝起きられなくてクビになりかけてるから、少しでも上野の近くに住みたい……というのが表向きの理由だったが、実際は父親がどこかの女を家に入れてしまって、どうにも居辛くなったためらしい。当時の私は慢性金欠状態だったので、家賃を半分出すという彼の申し出は悪いものではなかったし、中学の時に大好きだった青春ドラマ『俺たちの旅』および『俺たちの朝』の影響がなかったとは言わない。

私と貴明にホモっ気があったわけでは断じてないが、二人での暮しは悪いものではなかった。貴明はちょくちょく店から残り物をくすねてきたので食費も切り詰められたし、何より話し相手がいるというのはいいものだ。学生と社会人では生活時間が違うから、それなりに一人の時間も確保できたし、いざという時に金の貸し借りが簡単だったのもよかった。結局、私に恋人ができたのをきっかけに解消されてしまったのだが、あの十ヶ月ほどの貴明との時間は、私の人生の一つの黄金期であったのは間違いない。

その生活の中でアクセントになっていたのが、トッカンババァの存在である。

お互いがいない時間に目撃したトッカンババァの奇行を報告することが私たちの娯楽のひとつになっていたが、その時はまさしく貴明の独壇場であった。私はとりあえず見たままにしか話さないのだが、『フカシマン』貴明は、当然のように尾ヒレをつけまくる。基本は実際に見たことなのだろうが、それに何倍もの肉付けが為されているのだ。

「今日、午前中に階段ですれ違ったら、向こうが会釈するんだよ。だから俺も頭を下げて挨拶したら、何回も何回も頭下げてくるんだ。おかしいなぁって思ったら、キッと顔を上げてよ、『私は赤べこの真似をしてるだけなんだから、邪魔しないでちょうだい！』だってよ」

「この間、ベランダで洗濯物を干してたみたいなんだけどよ、何か歌ってるんだよな。何の曲だろうと思って耳を澄ましたら、どうも郷ひろみの『哀愁のカサブランカ』みたいなんだ。若い歌知ってんなぁって思ってたら、途中からアース・ウインド・アンド・ファイアーの『宇宙のファンタジー』になってやんの。何でだよ」

「今日、熊野前商店街で見かけたんだけどよ、肉屋の店先で揚げ物買って、齧りながら歩いてたぜ。でもよ、そういうのって、たいていコロッケくらいだろ？　よく見たら、でっかいトンカツなんだよ。それって飯だろ、もう」

万事こんな具合だったが、おそらく本当なのは前半分だけで、後ろの方は貴明の捏造だったに違いない。あくまでも与太話として笑えることが肝心なので、どこまで本当かなんて、大して意味はないのだ。

けれど、その貴明の話のおかげか、私の中のトッカンババァのイメージは、しだいに柔らかいものに変わっていた。以前は、ただ異常な行動を取る困ったおばさんだったのが、どことなくお茶目なふうにも思えるようになったのだ。実際のトッカンババァは何も変わっていなかったに違いないが、あくまでも私たちのイメージの中で、彼女は地域限定のお笑いスターのようになった。それこそ、どこかに消えて欲しいとまで思っていたのに、いつのまにか、次は何をしでかしてくれるか……という気持ちまで生じたのだから、世の中は何でも気の持ちようである。

だからトッカンババァが京浜東北線の某駅で飛び込み自殺をした時

は、さすがに少し後ろめたい気がした。

私たちの話が本人の耳に届いていた可能性はゼロのはずだが、笑い者にしていたことには変わりないのだから、そう感じるのが人間というものであろう。大家のおばさんにトッカンババァの部屋の片付けを頼まれた時も、無下《むげ》に断ってしまう気にならなかったのは、そのせいだ。

「あの人、どこにも身寄りがいないから、片付けてくれる人がいないのよ。お金を出せば、やってくれるところもあるんだけど、ずいぶん高くってねぇ。どう？　アルバイトだと思って、やってくんない？

もちろんお金出すわよ」

仕事としては難しいことはなく、何でもかんでもゴミとして捨ててしまえばいいらしい。分別が少し煩わしいが、誰にでもできる作業だ。しかも大家が言うには、もし金目のものが出てきたら（たとえ現金でも）、私たちがもらってしまっても構わない……ということだった。

日当目当てが半分、宝探しへの期待が四分の一、さらにはトッカンババァへの後ろめたさの解消を目的の四分の一にして、私と貴明はその仕事を引き受けた。

トッカンババァの部屋は、かなりひどいものだった。あのアパートは四畳半と六畳の二間続きだったが、途中の襖は取っ払ってあって、どこからか拾ってきたようなガラクタが無数に転がっているのだ。おそらくプロに依頼すれば通常よりも高い手間賃を取られてしまうので、大家は私たちに話を持ってきたのだろう。

「こりゃあ……何も考えずに、パッパッとやった方がいいぜ」

「そうだな。心を石にしよう」

私と貴明はマスクと軍手で完全装備して、黙々と部屋を片付けた。一応、金目のものに対するレーダーは働かせていたが、見事に何も引っかからなかった。唯一、銀行通帳が二冊ほど出てきたが、それぞれ残高が数百円程度だったし、さすがに他人名義の通帳から金を引き出すのはヤバいので、そのまま大家に渡しておいた。

仕事は午前中から始めて、丸一日かかったと思う。ゴミ袋はそれこそ八十枚近く使ったし、そのゴミを集積場まで運ぶのも骨が折れた。冷蔵庫やテレビなどの処理は大家に任せたが、あの労働が日当に見合っていたかどうかはわからない。まぁ、〝袖振り合うも他生《たしょう》の縁〟とでも思わなければ、やりきれない仕事であったのは確かだった。

さらに言えば――あれだけのガラクタがありながら、トッカンババァの過去や、他人との繋がりを示す物が何もなかったのが不思議だった。アルバムの一冊もなく、状差しにささっていたのは公共料金の督促状ばかりで、知り合いからの手紙のようなものは一通もなかったのである。もしかするとトッカンババァ自身が、自殺する前に処分してしまったのかもしれないが――その事実が、私には妙に痛々しく感じられた。

結局、私はトッカンババァの部屋からは何も持ち出さなかった。まだ使えるもの（テレビなどは、私が使っていたものより高性能で新しかった）はたくさんあったが、何となく彼女の情念めいたものが染み込んでいるような気がして、とても貰う気になれなかったのである。

私はやめろと言ったのだが、貴明はテントウムシの形をしたレコードプレーヤーを持ち出した。当時はCDが出回り始めた頃で、今さら何で……と思ったが、どうやら可愛らしいデザインが気に入ったらしい。

「それに……一つくらい何か残しておいてやっても、いいじゃんか」

そのレコードプレーヤーで、ヒカシューというテクノバンドのアルバムを何度も聴きながら、貴明は言った。

*

貴明が私にも話さなかった出来事というのは、それから一ヶ月ほどしてから起こったのだという。確か十月の小雨の降る金曜日だったと記憶しているが――私たちの部屋に一人の訪問客があった。その日は貴明の定休日で、私も講義がない日だったので、朝から何をするでもなく時間を潰していた。たぶん何日か前にゴミ集積所から拾ってきた週刊プレイボーイの束をほどき、ごろごろしながら読んでいたのではないかと思う。

昼過ぎ、そろそろメシにするか……という頃に、誰かが薄っぺらいドアを叩いた。私が出てみると、きちんとスーツを着た銀縁メガネをかけた男性が立っていた。歳は当時の私たちと同じくらいか、三、四歳上くらいというところで、手には大きな紙バッグを提げている。

「すみません……少しお聞きしたいことがあるのですが」

男性は丁寧に頭を下げ、自分の名前を名乗った。今まで聞いたことがない名前だったが、何の肩書きもつけられていないことを私は奇妙に思った。普通、見知らぬ人間の家を訪ねる時は、自分がどこの誰であるか明確にするのは常識だろうに――もしかすると新手の押し売りか宗教の勧誘ではないかと私は警戒して、ぞんざいな口調で言葉を返した。

「今、忙しいんですけど」

「申し訳ありません……実は、並びに住んでいた女性の部屋を片付けられたのは、こちらの方たちだと大家さんに伺ったものですから」

それは当然トッカンババァのことに他ならない。その時点で、何事かと思った貴明も玄関先に出てきた。

「確かに俺たちですけど、それがどうかしましたか？」

「あの人、どういう人でした？」

いささか唐突に、男性は尋ねた。いったい、どう答えたものか――

私は返事に窮したが、貴明は、ほとんど反射的と言ってもいいくらいに答えた。

「いやぁ、いい人でしたね。だから亡くなった時は、ショックでしたよ。何か困ったことがあったんなら、相談してくれれば良かったのにって、しばらくメシがノドを通りませんでした」

おいおい、何を言いだしてるんだ――私はチラリと貴明を見た。

「大家さんは、みなさんにご迷惑をかけていたとおっしゃっていましたけど」

銀縁メガネの男性は、不審げに首をかしげながら言った。

「いやいや、大家さんは近くに住んでるわけじゃありませんからね。案外知らないことが多いんですよ。あの人がいい人だったというのは、間違いようのない事実です。僕の破れたズボンを縫ってくれたこともあったし……夕飯のおかずを分けてくれたこともあったなぁ」

もちろん、そんな事実は一度もない。どうやら貴明は『フカシマン』の本領を発揮して、見知らぬ人にまで作り話を始めてしまったらしい。いったい何のためかはわからないが、貴明にそれを尋ねるのは、大して意味のないことだ。

「部屋もきれいにしてましたし、ベランダには、たくさんの鉢植えが並べてありました。全部処分しちゃうのは辛かったんで、友だちの女の子にいくつか引き取ってもらいましたよ……なぁ、シンちゃん」

いきなり水を向けられて私は困惑したが、そんなのはウソだとは言えず、「うん、いい人だったね」と答えざるを得なかった。

「そうですか」

しばらく私たちの話（というか、貴明のホラ）を聞いていた男性は、やがて手にした紙バッグを差し出しながら言った。

「実は私は息子でしてね……と言いましても、二歳の頃に別れたきりで、ろくに顔も覚えていなかったんですが」

紙バッグを受け取りながら私は、思わず男性の顔をまじまじと眺めてしまった。言われて見れば、鼻筋あたりはトッカンババァに似ているような気もする。

男性の話によると——かつてトッカンババァは普通の結婚生活をしていて、女の子一人と男の子一人の母親だったのだが、性質の悪い男に引っかかってしまい、ついには家族を捨ててしまったのだという。

不倫の愛が高じての逃避行なら、まだ救いはあったのだが、相手の男が覚醒剤の売買に関わっていたというから悲惨である。その図式からは絵に描いたような悲劇しか思い浮かばないが、やはりトッカンババァも、その絵のとおりに転落した。覚醒剤に手を染めて逮捕と服役を繰り返し、その途中で男とは切れたが、今さら家族の元に帰れるはずもなく、以後も売春や万引きで逮捕されたことがあるらしい。

（……バカだな）

男性の話を聞いて、私はそう考えざるを得なかった。

精神に異常をきたしていたのは、覚醒剤中毒者に起こるフラッシュ・バックというヤツだったに違いない。どうして自らを破壊するようなことに、若き日のトッカンババァは手を染めてしまったのだろう。ちなみに彼女は見た目は六十歳くらいだったが、実際はまだ、五十歳になったばかりだったそうだ。

「でも、きっと薬は完全に抜けてたんでしょうね。あの人には、そんな雰囲気は少しもありませんでしたから」

なおもトッカンババァを褒めようとする貴明が、私には少し痛かった。相手は私たちより先に、大家さんに話を聞きに行っているのだ。そんなものは見え透いたウソだと、すぐにわかってしまうんじゃないか。

「そうそう、もし家族の人が来たら、これを渡すように言われてました。それまで使っていていいって言われたんで、何回か使っちゃいましたけど」

貴明は一度部屋の奥に引っ込んで、もっともらしいことを言いながら、例のテントウムシ型のレコードプレーヤーを持ってきた。

「そうですか……ありがとうございます」

貴明が紙バッグの中のものを取り出し、かわりにレコードプレーヤーを押し込んで手渡すと、男性は困惑したように受け取り、やがて、かすかな笑いを浮かべて言った。

「それって、ウソでしょう？」

「失礼な人だな！」

その言葉に、貴明は目を剝いた。

「ウソをついて、僕に何の得があるって言うんですか。いきなり人をウソつき呼ばわりするなんて……失敬にもほどがある。とっとと帰ってください」

貴明はそう言いながら、男性を玄関から押し出した。けれど、それが少しも本気で怒っていないということは、付き合いの長い私には、すぐにわかる。

「まったく失礼な人だ」

扉に鍵をかけた貴明はプリプリと怒りながら部屋の奥に戻り、再び週刊プレイボーイの山の間に寝転がり、ヌードグラビアのピンナップを広げた。私が台所の窓を少し開けて外を見ると、男性が階段の下に佇《たたず》んでいて、こちらに深々と頭を下げているのが見えた。

「貴明、あの人が持ってきたのナボナだぜ。お菓子のホームラン王だよ」

私が貰ったお土産を持って部屋に行くと、貴明はグラビアに目を釘付けにしたまま、「森の詩《うた》もよろしく」とつぶやいた。

「お前さ……あの人がトッカンババァの子供だって、すぐにわかったのか？」

「何となく、そんな気がしただけだよ」

私の言葉に、貴明は気のない返事をした。

「その気持ちはわかんないでもないけど……今のはちょっと強引じゃねぇかな」

お菓子のホームラン王を齧りながら、私は言った。

「それに、あの人にすれば、自分を捨てていった母ちゃんだろ。悲惨な目に遭って、ざまぁみろってとこなんじゃないか」

私が言うと、貴明は鼻で笑った。

「何だよ、シンちゃんも意外に子供だな……そりゃあ、そういう気持ちもゼロとは言わないけどさ……やっぱり自分を捨てていったんなら、せめて幸せになってて欲しいって思う部分もあるんじゃねぇかな。そうじゃなかったら自分が悲しい思いをしたことも、何の意味もなかったことになるじゃん」

もちろん貴明も、銀縁メガネの男性とまったく同じ立場である。それを思うと、何だか急に彼が大人物のように感じられて、少し悔しかった。

「ウソつきにナボナを食う資格はなし。俺が全部貰う」

私が箱のお菓子をすべて取ろうとすると、貴明はその腕をつかんで阻止した。それから私たちは、十分ほど醜いナボナ争奪戦を繰り返したのだった。

貴明が奇妙な目の覚まし方をしたのは、そのあくる日の朝だ。

先に起きたのは私だったが、インスタントコーヒーを飲むために台所でお湯を沸かしていると、奥の部屋でイビキをかいていた貴明が、突然、がばっと体を起こした。

「おい、どうかしたのか？」

いぎたない彼が、そんな目の覚まし方をするのは、それまでにないことであった。だから体に変調でも起こしたのかと思ったのである。

「シンちゃん、さっきから、そこにいた？」

「うん……十分くらい前から」

「そうか」

貴明は自分の右の掌を不思議そうに眺め、開いたり閉じたりしていた。あまつさえ匂いまで嗅いでいて、見るからに不審げだ。

「何だよ、どうかしたのか？」

「いや、これだけはウソだと思われたくない……だから、シンちゃんにも話さないようにするよ」

どこか噛み締めるように彼が言い、私は首をかしげるしかなかった。

何度か聞いても同じような返答しかしないので、私もいい加減付き合いきれなくて、そのまま忘れてしまったのだが——それから二十五年後、私は病床にある貴明から、ようやく、その答えを教えられたのだ。

何でも、彼は生々しい夢を見たのだという。

いや、見たというのは、正しくない。彼は私が台所で何かやっているのに気づくほど、すっかり目が覚めていた。ただ、なかなか目を開けることができなくて、とろとろとしたまどろみの中にいたらしい。

そっと誰かが彼の右手を握ったのは、そんな妖しい意識の時だった。そう大きくない、すべすべの手だったという。その感覚は実際に触られているのと変わらず、彼がそっと力を入れると、同じくらいの強さで握り返してきたらしい。その手は二十秒ほどで彼の手を離したが、続いて彼の額を三度撫でたのだそうだ。

「それは……やっぱりトッカンババァかな」

病院で彼の話を聞いた時、私は初めに心に浮かんだことを、大した考えもなしに口にした。もちろん彼が寝ぼけていたと考えるのが、一番納得のいく解釈であるが——そうでなければ、やはり自分のために優しいウソをついた貴明に、トッカンババァがささやかな感謝の意を表した……と考えるのが、しっくり来るような気がした。

「いや、あれはトッカンババァじゃないよ」

ベッドの上で貴明は、自分の痩せ細った右手を見ながら言った。

「あれは間違いない……俺の母ちゃんだ」

「お前のお母さん？」

「小さい頃、いつもそうだったんだ……手を握ったり、ほっぺを触ったりした後、母ちゃんは必ずおでこを撫でるんだよ。こんな風に、下から上に」

そう言いながら母親の手の動きを真似て見せた後、貴明は笑った。

*

この町を再び訪れたのは、紫陽花《あじさい》の頃である。

やはり貴明は、すべてにおいて手遅れだった。私が見舞いに行って三週間後に、彼の容態は急変し、丸一日昏睡状態になった後、家族に看取《みと》られて世を去ったのだ。

知らせを聞いた時、「バカ野郎、いくら何でも早過ぎる」と、私は風呂場で号泣した。今時、四十男が泣ける場所は、そんなところくらいしかないものなのだ。

彼の通夜は町屋斎場で行われることになり、私は妻子に先駆けて一人で訪れた。斎場の場所は知っていたが、わざと遠回りをして細い路地を歩いた。

黒い革靴を鳴らしながら、どうしても二十五年前の貴明の夢の話が思い出された。

夢うつつの中で、彼の手を握った手――それはいったい誰のものなのだろう。

トッカンババァか、あるいは本当に彼の母親だろうか。もし母親だとすれば、その時に母親は、どこかで亡くなっていたのだろうか。

いずれにしても、ただの貴明の思い違いだったとは考えない。『フカシマン』貴明が、ウソだと思われたくないと親友の私にまで秘密にしていたのだ。それが真実でないはずがなかろう。

「貴明……お前も、本当にバカだな」

歩きながら小声で呟くと、見知らぬ家の庭先に揺れている紫陽花の青紫が目に飛び込んでくる。

時は移り、人は去り、花は変わる。すでにつつじの姿はなく、人はつつじが咲いていたことさえ忘れるだろう。けれど目を閉じれば――そのつつじの赤は、多少のことで消え去りはしないほどに鮮烈なのだ。

やがて斎場につき、物言わなくなった貴明に会った。今にも途方もないウソをつくために、目を開けそうな気がした。

「浩子さん……このたびは」

貴明の妻である浩子さんに挨拶した後、ふと病院でした約束を思い出す。

浩子さんは貴明に、本当の病名を隠していた。そう判断したということは、おそらく彼女が知った時点で、すでに手遅れだったということなのだろうか。

けれど貴明は、自分の病気のことを知っていた。守秘義務があるはずの何者かが、その義務を貫けず、本人にバラしてしまったのだ。

そのおかげで幸せだったと、貴明は言っていた——みんなが自分にバラさないよう、心を砕いているのが見えて、その気持ちに感謝の念が湧くのだという。

（浩子さんは、もう教えられたんだろうか）

もし時間があれば、きっと貴明は妻に、自分が真実を知っていたことを話していただろう。そしてその心尽くしに、感謝の意を示したはずだ。

けれど、もし、その時間がなかったとしたら——彼は大切なことを妻に告げることができなかったかもしれない。そうだとしたら真実を知っている自分が、浩子さんに伝えるべきなのではないか……と思えた。たぶん約束は、もうご破算と考えていいのだろうから。

「浩子さん、実は確かめたいことがあるんですけど」

喪服姿でやつれた顔をした浩子さんに、私は尋ねた。

「実は自分の病気のことを知っていたって……あいつから聞きましたか？」

ハンカチで鼻の下を押さえながら、浩子さんは不思議そうに首をかしげた。

「聞いていないいんですか」

私は最後に会った時、貴明が言っていたことを浩子さんに話した。

彼女は落ち着かない顔で聞いていたが、やがて、ほんのかすかに目を細め、歯を見せないように笑った。

「すみません……それ、ウソですよ」

「えっ？」

「私も本人も、病気のことは前から知っていました。だって、二人でお医者さまの話を聞いたんですから……初めのうちは子供たちに伏せましたけど、一月ほど前に本人が話しました」

もしかすると、またやられたのか……という気持ちが、湧き起こってくる。

(貴明、お前、まさか)

「本当に、あの人は子供みたいな人で……最後の最後までご迷惑をかけて、本当にすみません」

浩子さんは深々と頭を下げたが、何ともおかしそうな顔をしていた。

「ちぇっ、またやられたよ……バカ野郎が」

私は思わず、遺影の貴明に笑いかけてしまう。

(だって、その方が面白いじゃん)

そんな貴明の声が、聞こえたような気がした。

解説

宇江佐真理

わが国では毎月、毎月、夥《おびただ》しい数の本が出版され、新聞や雑誌に賑々しく広告が載《の》る。

書店も次々と新刊本が送られて来るので、じっくり売ることができず、数字の出ない作品は早々に返品の憂き目を見る。中には梱包を解いた形跡のないまま返品されるものもあるという。せめて、一度は開けて見てくれよ、とぼやいていた編集者もいた。

最近の小説界もカラオケ現象とやらが起きていて、誰でもパソコンをカチャカチャ打って小説らしきものを仕上げてしまうから恐ろしい。本当に小説のことをわかっているんかい、とツッコミを入れてみたくなるが、そんなことをすれば、若い才能に嫉妬しているだの、年寄りの嫌味だのと言われるのがオチだろう。

書くのは人の勝手である。書きたきゃ書きゃあいい。だが、ひょいと思いついて書いたものが図に当たったからと言って、その先も続くほどこの国の小説界は、ヤワではない。ヤワではないと信じたいが、数字優先の編集者も増えているので、私の心配は尽きない。

何かの賞の受賞者が、これで駄目なら小説をやめる覚悟だったとおっしゃることも気になる。いいですか、真の小説家とは、決して書くことをやめようとは考えないものである。結果が出ないからやめるとは何たる傲慢、何たる恥知らずだろう。駄作でも書き続けている内は次に繫《つな》がる。それがわからないのか！　と、私は何を言っているのだろうか。

本当に人の心を打つ作品とは、実は出版社の思惑や、それを取り巻く事情とは次元が違うもののように私は思っている。安易に感動を引き出す作品にも私は懐疑的である。そんなものは一過性で、気まぐれな読者はすぐに他の作品に目移りしてしまう。人の意見に惑わされず、自分の目と心を信じることが作家にも読者にも必要なのではないかと、このご時世だからこそ私は思う。

それはともかく、朱川湊人さんのお名前を知ったのは、恐らく二〇〇二年に「フクロウ男」でオール讀物推理小説新人賞を受賞された時だろう。変わったタイトルに目を惹《ひ》かれたが、まあ、それだけの話だった。だが、あれよあれよと思う間に朱川さんは「花まんま」で第一三三回の直木賞を受賞され、流行作家のお一人となっていた。いつの間に？　と思うほど、その経過はさり気なく感じられる。きっと、小説の流れが朱川さんに自然な形で訪れたのだろう。今はやりの言葉で言えば朱川さんは何か持っていらしたと思う。

朱川さんに初めてお会いしたのは、ほんの偶然だった。出版社の忘年会の二次会で作家の諸田玲子さんや数人の編集者とともに和食屋にご一緒したのである。

大変に気さくな方だった。会話の途中にツッコミやギャグを入れ、大いに笑わせていただいた。その後、朱川さんとは食事をする機会が何度かあった。

朱川さんはどんな作品を書いているのだろうか。二度目にお会いする前に私は朱川さんの「花まんま」を手に取った。

恐らく朱川さんにお会いする機会がなかったなら、私がその作品を読むこともなかったはずである。たとい直木賞受賞作でも、よほど気が向かない限り私は読まない。その意味で私は怠惰な読者である。小説界のカラオケ現象を地で行くのは、実は私なのかも知れない。

私が小説に期待することは、ただひとつである。違う景色を見せて貰うことだ。それ以上は望まない。違う景色とは新たな世界観を持つものでもある。「花まんま」にそれがあるかどうかはわからなかったが、とり敢《あ》えず読んでおくのがその時の浮世の義理でもあった。

しかし、読み終えて私は呆然とした。朱川さんの作品の背景とされる時代は私がリアルタイムで過ごした子供時代だった。ただし、その頃、朱川さんはまだお生まれになっていないか、ほんの赤ん坊である。高度成長期の日本がどうしてそれほど朱川さんにはよく思えるのだろうか。疑問は尽きなかった。

「花まんま」には私が求めていた違う景色がたくさんあった。既視感があるのに新鮮でならなかった。あの時代のよさを私は見過ごしていたのだろう。

私は団塊の世代で、日本の文化の端境期《はざかいき》に生まれたと思っている。最初からテレビや洗濯機があった訳でなく、徐々に便利な品が家庭に出現するようになったのだ。両親のものの考え方も古めかしく非科学的に思えた。近所には朝鮮の人々も多く住んでいた。

「チョウセン、チョウセント、パカ（馬鹿）ニスルナ。同チ（同じ）メシ喰ッテ、トコ違ウ」

私は朝鮮の人々の悲痛な声をなぜ覚えているのだろう。それにしては、日本人は彼らの国の言葉で話し掛けたりしなかった。アニョンハセヨ（こんにちは）も例のヨン様のドラマが一世を風靡してから覚えたように思う。

あの頃の様々な流行、風俗、習慣などがいっきに朱川作品から立ち昇り、大袈裟でもなく私は身動きできない気持ちになった。それは単なる郷愁だけでなく、忘れていた記憶を甦らせ、新たに何かを強く訴える力があった。

なぜ、あの時代を背景にするのかと朱川さんにお訊《たず》ねすると、どうやら過ぎてしまった時代とその時代を過ごした人々に限りない愛着を覚えていらっしゃるようなのだ。

ようなのだ、と書いたのは、普段の朱川さんは、真顔で小説論をぶつ方ではないので（いつも煙に巻かれている）、明確な答えを引き出すことができなかったからだ。

そうして、朱川さんの特徴であるファンタジー・ホラー（他に適切な言葉はないのだろうか。少し軽過ぎる）も、あの時代には取り込み易かったのだろう。昭和三十年代には、まだまだ不可思議な都市伝説が多く存在し、子供だった私もその中の幾つかを信じていたふしがあった。

朱川さんは霊感体質なのだろうか。その風貌からはとても察することができない。だが、楽しい家族旅行も座敷わらしが出ると噂の宿に泊まったとお聞きして、根本的に不可思議な事象を好む傾向があると感じた。座敷わらしが実際に出たかどうかは失念しているが。

さてこの度、朱川さんの「あした咲く蕾」が文庫になるということで、不肖私が解説を仰せつかった。それは朱川さんの前々からのご要望ということだった。大変にありがたいと思う。書店で読者が文庫を手に取り、買うか買うまいかと思案する時、解説を読んで決めることがある。私もそうだ。よい作品ならば、おのずと解説者の筆も勢いがいい。責任重大で、お引き受けした後から次第に緊張してきた。解説を引き受けたら徹底的に褒《ほ》め上げよ、という作家もいた。それが作者に対するサービスであり、礼儀でもあると。しかしなあ、おもしろくない作品を無理やり褒め上げるのは私の意に染まない。「あした咲く蕾」はその時点で未読だった。よい作品であればいいと、私は祈るような気持ちで作品の到着を待った。

これは担当編集者のメールによると「花まんま」と対《つい》になる作品で、「花まんま」は大阪が舞台だが「あした咲く蕾」は関東が舞台だという。時代も「花まんま」の時より若干新しくなっている。朱川さんが大層力を入れてお書きになったそうだ。よし。作者が力を入れて書いたものなら、そうそう裏切られることはあるまい。事実、その通りだった。

表題作の「あした咲く蕾」はカルメン・マキに似た美知恵という主

人公の叔母に当たる女性の話である。カルメン・マキ――どこか退廃的なムードを漂わせたハーフの歌手だった。その美知恵おばさんには自分の命を他に分け与える不思議な能力があり、結局、その能力のために自らの命も落としてしまう物語だった。

しかし、美知恵おばさんは自分の命が縮まることがわかっていても消えそうな命を救わずにはいられなかった。淡々と物語が進行するので、いつしか美知恵おばさんの能力を私も自然に受け入れていたところがあった。

どんと驚くのはラスト一行である。これがあることで朱川さんの作品は異彩を放つ。どうぞ、読者の皆さんもラスト一行に驚いてほしい。わざわざ断りを入れなければ見過ごしてしまう恐れもあるほどさり気ないからだ。

収録された七編の作品はそれぞれのタイトルが素敵だ。「あした咲く蕾」もそうだが、「雨つぶ通信」「カンカン軒怪異譚」「空のひと」「虹とのら犬」「湯呑の月」、そして「花、散ったあと」と、時代小説のタイトルにしてもよさそうなものばかりである。

いや、今回、朱川さんがタイトルの名手でもあると改めて思った。七編の作品は皆、淡い悲しみに満ちている。それでいて妙に明るさが感じられる。雨の日の場面だとしても明度が高いのだ。これはどうしたことだろう。だが、私は知っている。それは朱川さんのお人柄によるものだということを。悲しい話を、ただ悲しみだけで終わらせない。そこには僅かながらでも希望があり、救いがあるのだ。それが読後の心地よい余韻に繋がっている。「カンカン軒怪異譚」が好きだ。「空のひと」も好き。「虹とのら犬」も「花、散ったあと」も好き。皆んな好き。

ひと回り以上も年下の朱川さんに私は作品を通して教わることが多かった。小説とはやり切れない現実世界をいっとき忘れさせてくれるものだが、同時に明日を生きるための力も与えてくれる。

朱川作品と出会ったことは、私にとって僥倖である。しかし、それを朱川さんに面と向かって申し上げたことはない。朱川さんにお会いしなければ読まなかった、とさり気なくお伝えしただけである。朱川さんはポーカー・フェイスのまま、何もお応えにはならなかった。しかし、文庫の解説をご指名していただいたということは、少しは嬉しかったのかなと、勝手に私は思っている。
これからも朱川さんには違う景色をたくさん見せてほしいと心から思っている。私はもはや浮世の義理でなく、一ファンとして朱川さんの作品を心待ちにしているのだから。

（作家）

本書は、株式会社文藝春秋のご厚意により、文春文庫『あした咲く蕾』を底本としました。但し、頁数の都合により、上巻・下巻の二分冊といたしました。

あした咲く蕾　下
（大活字本シリーズ）

2022年5月20日発行（限定部数700部）

底　本　文春文庫『あした咲く蕾』

定　価　（本体2,800円＋税）

著　者　朱川　湊人

発行者　並木　則康

発行所　社会福祉法人 埼玉福祉会

埼玉県新座市堀ノ内3―7―31　〒352―0023

電話　048―481―2181

振替　00160―3―24404

印刷製本所　社会福祉法人 埼玉福祉会 印刷事業部

ISBN 978-4-86596-507-0